A passagem invisível

LARANJA ● ORIGINAL

Sumário

7	A condição humana em realismo social apurado
17	Na contracorrente do óbvio
23	A passagem invisível
35	O legado
49	A chave
63	A lâmpada
71	O sussurro
89	Um gesto no escuro
99	White Christmas
113	Bilico, Oceano e Graveto

A condição humana em realismo social apurado

Krishnamurti Góes dos Anjos,
escritor e crítico literário

Uma satisfação voltarmos a encontrar o conto em seu formato tradicional, e feito por quem entende do riscado. Este volume que o leitor tem em mãos é o quarto de contos da carreira do escritor Chico Lopes, que estreou na literatura no ano 2000 justamente com um volume do gênero. Não entramos no mérito da exata estrutura da história curta ou do conto literário, mas há de se considerar certa desestruturação pela qual tem passado o gênero — nem sempre com resultados positivos —, que o tem impregnado de outros formatos, como o esquete teatral e o ensaísmo, e descamba até para meros aforismos de algumas poucas linhas. O conto praticado por Chico Lopes é o clássico. Aquele que nos legaram os precursores, pois lhe deram substância narrativa. Narrativas com início, miolo e fim bem elaborados de forma a causar o "singular efeito único" ao qual Edgar Allan Poe se referia, ou decorrente de uma epifania, como praticou Guy de Maupassant, ou ainda o intimista e nutrido de silêncios à maneira de Tchekhov ou de Graciliano Ramos. E sem deixar de lembrar ainda que, ao lado dessas feições elencadas, aparecem no autor desta coletânea os irresistíveis apelos à cumplicidade do leitor proporcionados pela sugestão oblíqua e dissimulada como tão bem fez Machado de Assis.

Lopes é autor com longa estrada literária, dono de estilo sóbrio e contido, que não renuncia ao brilho do fraseado, esforçando-se na busca daquela unidade básica de modulação e desenvolvimento que Anton Pavlovitch Tchekhov aconselha. Vai urdindo suas ficções, aprimorando revelações (muito delicadas e tênues, como propunha H. E. Bates) até que iluminem cada vez mais o instante crítico, unindo as pontas do leque para que a impressão inicial se revigore nas palavras do fecho. O resultado é sempre o êxito no *insight* escolhido, o mergulho existencial profundo. É preciso muita prática e talento para bater a portas fechadas, abrir espaços à sugestão que os relatos de quadros íntimos nos mostram por meio de ambiguidades e ambivalências ou em impressões fortalecidas numa emoção muitas vezes apenas dedilhada.

Positivamente o leitor sentirá gratas surpresas ao observar os narradores de Lopes assumirem certa atitude irônica, com a qual expõem problemáticas com sutileza tal que acaba nos comovendo e reivindicando inevitavelmente reflexões acerca da condição humana. A ironia é força eficiente na abordagem de questões tão graves como as que vivemos atualmente. Curioso que, ao escrevermos essas palavras, os personagens dos contos inesquecíveis presentes nessa coletânea saltem-nos à memória. Comentemos apenas alguns, em aspectos pontuais, para que tenhamos perfeita ideia do ímpeto ficcional desse autor em plena maturidade literária. Observe-se inclusive que cada conto, visto independentemente, possui riqueza e amplitude de enfoques que um texto de prefácio não daria conta, até porque não é essa sua finalidade.

Como deixar de referir-se a um conto como "White Christmas", em que o realismo estético, ou o "choque do real" — mase da estética realista a suscitar efeitos de espanto catártico? É a exposição nua e crua de nossa doença da violência. Elementos despreparados e, pior, desequilibrados da polícia perseguem um simples homem indefeso que cometeu o "gravíssimo" delito de urinar escondido em uma árvore. E o que o leitor acaba literalmente presenciando é a irracionalidade feroz. A estupidez que todo brasileiro sabe qual é e que abate os mais fracos porque pobres. Ali estão personagens — vítima e algozes — bastante emblemáticos da violência policial brasileira, muitas vezes até aplaudida por outros monstros à paisana. Narrativa cáustica sobre o binômio penúria/opressão que se espalha no país atualmente, com a pitada final daquele condimento que até aqui não nos tem faltado: o racismo. O conto traz um foco muito preciso nas atitudes e nas reações que procuram resolver o problema da violência mais por seus efeitos do que por suas causas, e seguirmos bradando por drásticas políticas de segurança ou o tiro, a porrada e a bomba generalizados.

Já em "A passagem invisível" deparamo-nos com a agonia dilacerante da solidão. Chico Lopes segue a vertente das relações privadas de um sujeito solitário (há muitos isolados e apartados de convívios mais estreitos nas narrativas), sem família e preso a um trabalho monótono e entediante. Uma ambiência corporativa que, tão logo detecta qualquer "esgotamento produtivo", simplesmente descarta o empregado devoto, sem qualquer preocupação por sua sorte futura. O autor desce ainda mais fundo nessa ficção voltada de forma aguda para as relações de solidão existencial. Aqui algumas das mais interessantes linhas: as da perquirição de mentalidades e da investigação filosófica do existir.

"O sussurro" é texto rico em nuances humanas. Denso, cruel e cheio de contradições que nos deixam aflitos. Um tri ângulo amoroso e insinuado. Um homem típico machão latino-americano dado a escândalos e quebra-quebras vê a figura da companheira ter vontade própria, tomar as rédeas da vida e se afastar de seu jugo imbecil. O amor como posse — como se isso fosse possível. Surge a figura de um homem mais velho na cena. Infidelidades, traições e ultrajes sussurrados são imaginados. Veja-se até onde corre o machismo de braço dado com o sentimento de posse. Mas acontece que a fêmea não aceita mais esse papel. Bate-pé e cai no mundo. O machismo enraizado e irracional não cede, alguém tem de pagar o preço do ultraje "imaginado", e que seja o mais fraco então: o terceiro. Aí o olhar sensível do autor quanto à verdadeira face da fraqueza humana, próprio dos bons contistas.

"Um gesto no escuro" traduz o temperamento de um narrador angustiado. Afloram-lhe memórias das tristezas e dos sofrimentos causados por um pai agressivo e sempre ausente, mas que, quando resolvia dar as caras no convívio familiar, provocava incômodos no menino sensível. Fica no narrador adulto o pavor que lhe provocava a presença da figura paterna. É texto sobre relações humanas difíceis, danosas ao indivíduo, sobretudo quando vivenciadas na infância, tempo no qual o ser não tem condições de fazer juízos críticos positivos e racionais e, via de regra, se moldam adultos envoltos em cismas, suspeitas e desencanto perante o outro. Embora o personagem parta da revolta, vai aos poucos encontrando uma convivência crítica com sua memória e viabiliza a reflexão, que produz transformação. Dor e amor, carência e indiferença, mágoa e perdão tecem o principal da trama.

Antes que deixemos o leitor entregue ao prazer de desvendar todas e tantas nuances das narrativas, falemos somente de mais uma que insiste em ser lembrada com veemência. "A chave" é relato pungente da vida de um ladrão de apenas 23 do parar aqueles dois, e uma tia o recolhera". Pois muito bem, após uma série de trapalhadas envolvendo uma mulher velha louca para encontrar um amor, ele se apossa da chave de uma mansão onde a velha trabalhara. O gatuno sabe que o patrão riquíssimo não estará em casa em dada noite e resolve agir. Entra na casa, e o que se passa é um verdadeiro deslumbre para aquele sujeito criado na mais abjeta sarjeta da vida:

"[...] abriu o guarda-roupa, pois precisava disso, de um roupão (o roxo lhe pareceu ideal), vesti-lo, passar a borla aveludada pela cintura, trafegar pelos aposentos como um proprietário displicente, assoviando até. Como estou? — um espelho de corpo inteiro o devolveu com elegância que aprovou, as mãos bem enfiadas naqueles bolsos fundos. Devidamente trajado, agora era se apossar tranquilamente de seus domínios. [...] Olhou bem para seu rosto num espelho — tinha um tipo de beleza do qual ele gostaria? Poderia ser menos pardo, ter olhos azuis ou verdes como os dele; seus cabelos não eram pixaim, mas puxavam para um crespo rebelde, exigiam forte escovação. Não, não era feio, e isso explicava Dilene, explicavam outros olhares. Pudesse, se rebatizaria — mas seria um "Edward", não um Eduardo, e o "de Souza" desapareceria de sua identidade; um sobrenome americano, "Williams", como aquele do respeitável senhor de família num livro de inglês didático, não ficaria mal. Mas americanos que não fossem bem brancos eram aceitáveis? Agastou-se com o espelho e se afastou, ainda sem rumo pela casa. Livrou-se do roupão, fazia calor."

A leitura de um texto assim nos deixa a certeza de que aquele reles ladrãozinho de apenas 23 anos não dava conta de pensar muito claramente sobre o que é "a imagem da sua valorização social", simplesmente reidentificada na imagem do espelho. Mas percebeu que o critério de similitude era frágil, imagem no espelho não era a identidade de si, não havia como ser. Enfado: eis aí a alma que muitos e muitos de nós idealizam, mas que se esvai quando nos contemplamos em nosso espelho sócio-histórico. Esse conto é resumo implacável de nossa atual condição humana no Brasil, ou para concordar com Cortázar: símbolo candente de uma ordem social e histórica.

É natural que a visão interior buscada por alguns contos reflita a personalidade e os conflitos do autor-narrador. A esse propósito, e quando da para a dissertação de mestrado de Lohanna Machado apresentada à Universidade Federal do Paraná, "O pobre diabo na literatura brasileira: de José Paulo Paes a Chico Lopes" (o reconhecimento acadêmico já lhe bate às portas), o próprio autor concedeu entrevista a Henrique Chagas, na qual afirma: "O pobre-diabo sempre me fascinou, porque minha literatura é uma literatura de *losers*, de marginalizados, de personagens que se apresentam contra a corrente e continuam remando contra ela, ainda que suas vidas sejam destruídas e embora nada lhes roube a nobreza do fracasso, a que se referia Franz Kafka." Uma extraordinária empatia do ficcionista para com suas criaturas e com as situações em que elas vivem.

A regularidade no conjunto da produção reunida aqui e a densidade dos temas abordados ao par com uma linguagem madura, prazerosa de ler e rítmica destacam Chico Lopes entre os autores que despontaram há algumas décadas e que prosseguem, ainda hoje, produzindo literatura da mais alta qualidade

Na contracorrente do óbvio

Antonio Carlos Secchin,
poeta, crítico literário e
membro da Academia
Brasileira de Letras

Nunca estive pessoalmente com Chico Lopes, mas há muitos anos nos correspondemos, de início pelo adorável e quase anacrônico veículo das cartas manuscritas, depois através dos meios eletrônicos. Desde o início vislumbrei em Chico Lopes uma das mais inquietas e vigorosas manifestações do espírito criador em nossas letras, com a rara virtude de ser muito bom em tudo que faz: no romance, no conto, na poesia, no memorialismo, na crônica, na crítica (cinematográfica ou literária), e até no padrão das mensagens veiculadas em rede social. Neste novo livro, confirma-se a excelência de seu trabalho, no apuro da linguagem, na consistente arquitetura narrativa, na criatividade da fabulação.

Em "A passagem invisível", nada é óbvio, na contracorrente da onda neo-naturalista que parece dominar boa parte de nossa ficção. Como o protagonista do conto que abre e dá título à coletânea, o autor não cultiva "as tolices e vulgaridades de cada manhã"; seu território é, antes, noturno: o reino das sombras que toldam as certezas da natureza humana. Fala de coisas e relações inacabadas ou já destruídas, fora, portanto, de pontos de controle ou equilíbrio. Daí a eclosão da violência física, mas sobretudo psíquica — para os que tentam manter o pé num mundo movediço. Violência que assola o conforto do leitor com a mesma intensidade e constância com que, no livro, os personagens invadem o domicílio alheio. Tais invasões, com frequência, culminam em passagem para a morte. As casas e os espaços invadidos são em geral solitários, por vezes sórdidos, como no admirável conto "O legado", com sua velada e sofrida carga homoerótica. O substantivo "passagem" ata as pontas do livro, presente, na condição de elemento-chave, na primeira e na derradeira narrativa, em cada uma delas, porém, sinalizando sentidos que se diriam opostos.

No conto inicial, a passagem é para a morte — e assim será em quatro dos sete relatos subsequentes, na visada de desesperança que atravessa a obra. No fecho, porém, "Bilico, Oceano e Graveto" nos concede algum alento: a passagem/invasão derradeira é também para uma casa. Mas, em vez de ser invadida, é ela que invade a tela de um pintor. No comovente epílogo, não há um salto para a morte: a casa se torna sinônimo de vida, capaz de acolher inclusive um personagem fugidio. A casa final, erguida não de tijolos, mas pela imaginação — metáfora da potência construtiva da arte — é "invisível sim, para quem nunca ouviu falar dela". Para nós, todavia, ela é a imagem da própria casa-livro erguida pelo também pintor Chico Lopes. Sua qualidade e solidez são antídotos à banalização da literatura, onde o vale-tudo acaba por nada valer.

Aos contos, pois. É ler para crer.

A passagem invisível

"Pense, pense numa saída", digitou em sua mente, enquanto digitava na realidade um dos inúmeros relatórios exigidos pela cúpula. Uma saída, urgente havia muitos anos, e nada do que se esboçava parecia exequível, e ele envelhecera ali, entre um corredor e outro, todos agora lhe parecendo muito extensos, impossivelmente extensos, para seus passos amiudados, lentos. Sonhava que esses passos, agravados pela artrose lombar que tratava apenas quando as dores lhe eram insuportáveis, eram obrigados a escalar morros, blocos, obstruções íngremes cravadas em seu caminho como decretos hostis; o andar penoso parecia uma traição obscena, uma delação vergonhosa de sua inutilidade, de seus muitos anos, não bastassem o cabelo grisalho e a barriga. "Uma saída", digitou dessa vez de verdade, e deletou nervosamente.

Pela lerdeza, os iguais em subordinação que por ele passavam olhavam-no pouco e, quando o olhavam, era com uma reprovação para a qual ele não encontrava descrição — era como se estivessem mais que convictos de sua estranheza, de sua intrusão, porque, embora nunca se queixasse, não era como eles, não se amontoava na saleta do café ouvindo as tolices e as vulgaridades de cada manhã, e, embora houvesse mais sexagenários (salários menores, mais subserviência garantida) no departamento, era óbvio que ele não estava entre os inteiramente submetidos; restavam-lhe dúvidas, queixas não formuladas, e a maioria estava satisfeita em ser cúmplice nas decisões de cúpula, divertindo-se sempre com a infelicidade dos demitidos, mantendo um mutismo acusador que abrigava também ódio aos seus superiores, e, indissociável do ódio, um pacífico reconhecimento de que desobedecê-los era algo fora de questão. Possuíam, os da tribo, um instinto aguçado para detectar, na uniformidade dos dias e das lidas, dentro de rotinas muito precisas, alguma nota não inteiramente harmônica — não era preciso que algo fosse dito, pois em algum canto alguém sentiria a dissonância e trataria de retransmiti-la aos demais com um olhar ou um sussurro.

Um dia uma funcionária particularmente sorridente (seus dentes regulares, perfeitos, se escancaravam) veio a sua porta com uma leve batida, e sua vozinha cantarolou: "Porta verde, porta verde, querido". Não era preciso mais nada para que soubesse que estava demitido. Foi andando para a porta verde, a quarta a partir dos fundos pelo lado esquerdo, atrás da qual não havia apelação possível, só outro dos homenzinhos engravatados com sua gentileza prolixa e explicações obsessivamente minuciosas que de modo algum podiam ser postas em dúvida, pois detestavam perguntas, além de achar muita graça da ironia de a porta verde significar total desesperança.

Sem mulher, sem filhos, os dez anos de vida que lhe restavam numa hipótese otimista seriam passados ao lado de um gato a ser trocado por outro e mais outro numa rua onde as últimas árvores já haviam sido arrancadas.

Por que se sentia estranhamente tão sereno com a própria desgraça? No elevador, não deixava de pensar que encontrara a saída. Chegando ao térreo, rumou para o setor bancário da Magno, que lhe providenciaria um seguro até que a indenização lhe fosse paga, e, ao enfiar o dinheiro no bolso, teve uma absurda vontade de rir. Foi parar na rua como se estivesse numa estrada às escuras, ninguém que passasse por ele significando mais que uma sombra recortada no meio de outras sombras, mas decidiu que mereciam desprezo e esboçou um risinho para elas.

Procurando distanciar-se um pouco, voltou-se para olhar o prédio. Vista dali, a corporação se erguia agora como o maior edifício (cento e cinquenta e dois andares) da cidade desmedida, todas suas luzes acesas, partículas luminosas de alaranjado contra o fundo cinzento — na verdade, chamar de cinzento aquele céu era condescender em usar uma cor familiar para qualificá-lo: sua indefinição cromática, que às vezes recebia tons de um verde lodoso, era muito mais híbrida. Bastava olhar para o edifício para se sentir fatigado e oprimido pelo esforço de manter o pescoço esticado ao máximo a fim de dar conta de sua altura, de sua imponência — uma espécie de intimidação maciça que, pelas dimensões espetaculares e as luzes, deixava o espectador, qualquer bicho humano minúsculo, indeciso entre o deslumbramento e o desejo de uma revanche de bombas na mão. No topo, sempre cercado por pontilhados de helicópteros como por mosquitos, o grande "M" parecia a estilização de uma ave tranquilamente pousada e dominadora, as luzes se alternando entre verde-claro e vermelho, cuja intensidade humilhava os edifícios mais escuros ao fundo — se o "M" levantasse voo, pensava, seria como o pterodátilo Rodan, do filme japonês que vira quando menino. Ele se esgueirou para um canto mais escuro da calçada como se precisasse de alguma coisa furtiva, um respiradouro, um abrigo de tamanho justo para não se sentir tão pequeno.

Baixou a lata de sardinha aberta para Greta, que ficou com alguns pedaços e lambeu todo o óleo. Nada de sair de casa, não queria fazer qualquer esforço físico evitável, e, assim, foram dias com cigarros e livros no apartamento. Até que se cansou da abulia, de Greta, do pouco mais que um cubículo mobiliado e limpo por onde se movia sem ver televisão para não saber de notícias horripilantes transmitidas entre um comercial e outro — era constante o irromper de festas de linchamento pelas ruas, facções religiosas engalfinhadas, cabeças degoladas, urros — e decidiu ao menos bater perna pelos quarteirões da imediação, olhar vitrines de padarias e lojas, atrações de cinema, ver outros rostos, rostos copiosos mesmo ali, no bairro onde era possível mais esconder-se que morar. O andar lento o preocupava, pois era agora mais lento ainda. Os passos eram próximos à letargia, pareciam ter de ser minuciosamente calculados, como se o chão contivesse hieróglifos que precisassem ser lidos com cuidado para que não tropeçasse.

Esse olhar cabisbaixo lhe deu uma forma nova de conhecimento, muitas pernas e pés, sapatos e vozes com caras correspondentes, as quais podia apenas supor, e os quadrados do calçamento entremeados de capim, alguma barata morta, restos de comida, latas de cerveja amassadas, sombras de esguelha subiam até seus olhos junto com mensagens escritas numa língua que estava talvez começando a decifrar. Erguer a cabeça e encarar o descomunal da cidade às vezes parecia requerer um esforço sem tamanho, e ele não queria ver o que sabia que veria. Bastava que sentisse o cerco inevitável, os edifícios guardiões da integridade dos muito ricos e jovens. Mesmo quando estendido na cama, sabia que não escapava: as luzes da Magno não saíam de sua vista ainda que fechasse a janela do quarto — as frestas que nunca pudera tapar deixavam entrar aquele alaranjado-ouro onisciente de lá fora, perturbavam seu sono povoado de espectros que desfilavam incessantes, mutáveis, na tela de seus olhos fechados. Eram luzes que o queriam, que o exigiam insone.

Numa das andanças, viu-se atrás de umas pernas femininas que lhe foram despertando uma promissora ereção, nada que o entusiasmasse muito, mas era, afinal, a lembrança de uma juventude de mulheres esparsas que não haviam saído insatisfeitas por conhecê-lo — orgulho juvenil deslocado, sem sentido, pensou em algo repulsivo para espantar o desejo e baixar aquilo. Mas seguiu as pernas, viu a garota entrar num bar com balcão próximo à calçada, chegou-se devagar, pediu o mesmo e se entenderam sem muita conversa. Mais tarde, soube que era uma das frequentadoras do porão de cinema de arte que não ficava tão longe dali. Ele demorou, não gozou, e ela mostrou-se grata por isso; também gostara do gato e, como ele não soubesse o sexo, achou que "Greta" era apropriado: — Garbo era meio machona mesmo. Um gato andrógino — ela disse, rindo, e insistiu por uma segunda vez. Impossível, estava mais do que lisonjeado e exaurido. Ela pegou o dinheiro que ele lhe estendeu e desceu assoviando um bolero.

A segunda andança atrás de pernas femininas se dera quando percebeu que uma mulher muito madura, também bastante lenta, lhe ia à frente, parando de vez em quando para olhar intrigada e consciente para o calçamento. Haveria mais gente que entendesse aquilo? Eram palavras intranquilas, diziam o que ninguém ousaria dizer em alto e bom som, alguns palavrões mal articulados, pregações de motins e reuniões clandestinas. Com aquelas centenas de viaturas vigilantes, era preciso ficar de olho muito aberto, não demonstrar tamanho interesse pelo que se podia ler no calçamento, mas talvez os cabisbaixos da cidade, todos velhos, não oferecessem às luzes intensamente perscrutadoras interesse maior. E a mulher seguira parando para ler calçamento afora, sem despertar suspeita alguma. A mensagem lhe foi ficando clara — havia um lugar e uma passagem invisível para ele.

Seguir a mulher, sem que ela nunca houvesse olhado para trás, o levou a um edifício em ruínas num quarteirão desprovido de qualquer transeunte a uma hora incerta entre onze e meia--noite. Pichações e cartazes nos muros, dos quais só restavam intactos poucos fragmentos, indicavam que numa das praças do centro haveria a execução de indesejáveis com entrada gratuita, sob patrocínio de um novo refrigerante. A mulher, para seu desgosto, desapareceu, mas ele supôs que era ali mesmo que ela havia entrado; com tantos tapumes, desarranjos, caçambas e amontoados de tijolo, era natural que não a visse. Penetrou pelos escombros e foi acolhido por um gato, quase gêmeo em cores e malhados de Greta. O bicho parecia querer guiá-lo e levou-o para o oitavo andar, na verdade o último. O esforço para subir não foi pequeno, e ele o empreendeu com lentidão exasperadora — obrigado a parar de tanto em tanto para aliviar a agonia lombar e prestar atenção às imprevisíveis falhas nos degraus. Precisou do isqueiro para um pouco de luz e orientação, e perdeu o gato de vista, mas em algum ponto lá do alto ele miou e, quando depois de mais lances incertos, lerdos, tateados, chegou à fonte do miado, o bicho o secundou na entrada de um cômodo escuro, de onde vinha uma luz baça, que percebeu ser de uma única vela bruxuleando mais ao fundo, junto a um piano.

Um vulto estava encostado ao instrumento. Ao percebê--lo, levantou-se devagar e se afastou para a área junto à janela. A mulher. Ele se aproximou, só para perceber, com a vagueza permitida, que era mais velha que ele. Seu relato, que ela desfiou como se fosse necessário que ele soubesse quem ela era por completo, parecia a repetição de uma ficha de relatório automatizada, compreendendo muitos mais anos de entrega à Magno num daqueles departamentos entre tantos múltiplos andares dos quais ele jamais tomara conhecimento preciso. Ele quis interrompê-la, como se o esforço de relatar o irritasse e o deixasse compadecido a um só tempo. Enquanto ela o fazia, parecia querer esconder o rosto o tempo todo; um forte escrúpulo fez com que ele não a olhasse diretamente. Ela precisava de véus, ainda que não os pudesse ter a essa altura de sua deterioração, precisava evitar qualquer violação do mundo. Quando sua voz deixou de ser a de uma fatigada secretária eletrônica, adotando tons mais relaxados e acessíveis, ela perguntou se ele gostava de música e sentou-se para arranhar algo que talvez fosse Chopin.

— Não, é Brahms. Toquei muito isso quando moça.

Ele se encostou à janela ao som da valsa meditativa, acendeu um cigarro e olhou para baixo, para o chão de um pátio cheio de pedaços de lajes e pedras de vários tamanhos. Dentre as frestas entre os blocos esparsos, uma delas tinha o feitio exato de uma porta. Meio tonteado, ergueu a cabeça e olhou para ela, fazendo a pergunta silenciosa, à qual ela fez sinal de assentimento. Sim, era por ali. A decisão, disse, era a única possível para quem, como eles, só podia infringir, e ele compreendeu. Ela assegurou que pegaria fortemente em sua mão se ele tremesse. O lugar, acrescentou, estava repleto de pessoas que ele provavelmente nunca vira, mas que haviam morado ali, por muitos anos, na vizinhança ou pouco mais além, sempre invisíveis, emparedadas ou sem se olhar pelas poucas ruas que lhes restavam para percorrer, mas capazes de entender e usar a linguagem das calçadas, e ali estariam todos juntos, protegidos por invisibilidade ainda maior. Ele fez um sinal muito lento com a cabeça, deu um pequeno sorriso e beijou a mão longa, ossuda, que ela lhe estendia.

Sentaram-se num canto escuro entre escuridões, como se ela soubesse o ponto exato onde as luzes da Magno não os atingiriam pelas frestas da janela. Sirenes e holofotes em demasia lá fora. O gato que o conduzira reapareceu, subiu no parapeito, miou. A mulher fez um "psiu" com autoridade de dona antiga, o indicador magro na ponta do nariz, e o miado se apagou. Eles deram-se as mãos.

O bicho olhou-os longamente quando eles vieram, devagar, em direção ao parapeito, e recuou, dando-lhes passagem. Depois, quando ambos despencaram, saltou sobre um telhado próximo e foi tragado pela noite. Ia para algum corpo de gata ou alguma cozinha devassada.

O legado

para Claudio França,
novo amigo

Alonzo passava diante de casa, e minha irmã já o vira no ônibus, o que garantira uma observação: ele punha tudo num olhar que parecia haver certa curiosidade ardente tolhida pelo respeito e, sem nunca mudar de roupa, dissolvia-se no amontoado minucioso dos passageiros que desciam, um livro ou uma valise sob o braço.

Mas não teríamos sabido disso nem nos preocupado com ele se minha mãe também não ficasse intrigada com aquele olhar e perturbada pela ideia de que um dia conhecera um estrangeiro muito parecido com ele. "A senhora andou flertando muito antes de chegar o papai, não?" — Lélia brincava, e minha mãe ria, balançava a cabeça um pouco exasperada, não era bem esse o caso, era alguém que estava na ponta de sua língua lembrar, mas lhe fugia.

Fora em suas saídas pelas vizinhanças de manhã para ajudar doentes e cumprir deveres de católica que descobrira que ele vinha do conjunto de casas precárias que uma imobiliária alugava numa rua curta; eram lastimáveis, mas as menos indignas tinham dependências, fundos sublocados, tudo levando a crer que ele morava numa delas.

Uma vez ele a surpreendeu: olhara para ela de uma dada passagem obstruída por material de construção. Depois, fizera a um só tempo o gesto embaraçado e elegante de cumprimentá-la tirando e repondo o boné, como que se desculpando pelo fato de demonstrar interesse muito claro; era apenas sociável, parecia querer dizer, tranquilizando-a. Ela comoveu-se. Era um tipo de escrúpulo que revelava inusitada boa educação naquele canto.

Ela incumbiu-me de saber mais. Fui até um bar nas proximidades que trazia quase apagada a denominação de "Zé da Pinta" traçada nuns garranchos em vermelho. No fim do dia, levas aleatórias de homens que o frequentavam eram fontes seguras — desde que o interesse não parecesse evidente demais. "Ah, é aquele da malinha" — ouvi de um deles, que outro depressa corrigiu: "o argentino". "Sempre diz que, se a gente quiser ler, pode pegar uns livros lá com ele. Deve ser coisa de religião" — disse um terceiro, afeito a rir de qualquer coisa que se dissesse.

Perguntei do endereço, alguém me apontou uma janela de um vago azul-claro sombreada por um mamoeiro alto. Como entrar? "É só bater à porta da frente, que é do Nicanor. O quartinho é lá no fundo." Alguém advertiu quase gritando quando saí: "Não acende um fósforo perto do Nicanor, viu? Pode pegar fogo no bafo..." — as risadas aumentaram. Não tive dificuldade de passar por um mulato gordo, sentado numa cadeira de fios de plástico trançados fora do lugar, cuja fala era meio ininteligível e cuja preguiça parecia milenar — mais rindo do que falando, fez um sinal para trás com o polegar para que eu avançasse.

Bati. Ele demorou a responder, abrindo a porta com uma interrogação óbvia, disposto a hostilizar. Disse meu nome, disse que gostaria de pegar um livro. Como conseguia morar num canto tão apertado? Mas tinha ali um fogareiro, sua cama, sua pequena estante. Ousei falar um pouco demais, de Verne, de

Stevenson, dos livros de aventura que andava lendo. Foi complacente com o que devia lhe ter parecido uma tentativa adolescente de afetar cultura, sorriu.

Os livros não eram muitos, e eu desconhecia a maior parte dos títulos. Falou-me da raridade de algumas edições, apontou desenhos em folhas de rosto e, por fim, sentou-se e abriu uma garrafa de conhaque barato, vertendo-o num copo comum, sem ousar me oferecer. Queixou-se muito do calor, tirando a camiseta e, como olhei para algumas cicatrizes entre seu tórax e o ombro esquerdo com indiscrição quase instintiva, ficou pensativo. Olhou-me longamente, bebericando de seu copo, os olhos apertados como se lhe passasse pela cabeça toda espécie de hipótese sobre quem eu poderia ser e se eu seria digno de confiança. Chegou a alguma conclusão favorável a mim depois de eu lhe ter dito de quem era filho: *"Dueña Ermelinda? Una señora muy digna, si"*.

Refletiu um pouco mais a meu respeito, pensando em algo divertido e benevolente, quis saber minha idade, sorriu simpático quando lhe respondi dezenove. "Só vinte anos a menos", ironizou, e eu, animado, quis falar do que ouvira no bar, de seu país. Cerrou os dentes, passando a mão com força sobre a barba espetada, por fazer. Não queria falar do assunto, não importava, *"vengo de muy lejos"*, a Argentina era uma origem de suposição fácil, desprezível, que não correspondia a sua verdade. De repente, um dedo de advertência se ergueu: eu não devia escutar aqueles cachaceiros ordinários; ele, infelizmente, estava cercado por gente da pior classe. Respondi "sim, sim", sofregamente, atraído pela autoridade de sua fala, ao que ele sorriu, como se minha subserviência ansiosa fosse um exagero. Percebi que encarnava, para mim, algo como a maturidade masculina que eu invejava em tantos homens que passavam pela nossa janela e que minha mãe olhava às vezes com certo ardor de saudade indefinida, que eu atribuía à figura desaparecida do meu pai. Sua segurança e sua desenvoltura vinham da experiência consumada com muitas mulheres, muitas vidas, muitas lutas empreendidas talvez em vão, mas com vigor inegável, uma elegância de apesares, algo de herói de cinema inacessível, cabendo em minha imaginação como algo desejável que eu devia a um só tempo idolatrar e temer.

Voltou seu olhar para a estante e, devagar, escolheu dali um livro. Olhei para o título, vi o nome do autor — uma edição magra de poesia, parecendo saída de uma gráfica anônima, nada de orelha, nada de prefácio.

— Não sei ler em espanhol.
— Não vai ser difícil de entender.
— Sim, mas você...
— Qual é o problema?
— Seu nome é Alonzo mesmo?
— Sou Enrique. Alguém te informou errado.
— *Enrique* me parece melhor. Combina com seu... — calei-me, como se estivesse por dizer alguma coisa que não estava certo um homem dizer para outro. Mas parecia que, se havia um homem ali, era ele, não eu.

Ele riu, balançando a cabeça um pouco envergonhado. Mas isso também o lisonjeava e olhou-me, voltou a me olhar, como se meditasse sobre esse súbito admirador que lhe aparecera, e melhor: falando de livros.

O livrinho era de um autor que ele conhecera "por aí, nas estradas", e achava que ninguém nunca o lera, a edição limitada demais. Coçou a barba, esforçou-se para falar sem incorrer no portunhol. Olhava e reolhava o livro: gostava de coisas assim, que foram se perdendo, que só caíam nas mãos das pessoas por acasos muito raros. Depois parou para me olhar fixo, e foi tão cravado, vulnerável e cúmplice o olhar que, decididamente, baixei a cabeça, evitei pensar no fascínio que sentia por aqueles olhos. Mas estava subjugado, e ele, ao perceber alguma coisa que podia ser embaraçosa, passou a mão pela cabeça, alisando os poucos cabelos (não tardaria a ficar calvo), quase se desculpando por ser uma presença perturbadora. Depois, pareceu ouvir algo que o agradou, esticou o indicador, pedindo silêncio. Não entendi. Levou-me até a janela. Alguns pingos de uma rala chuva de outubro que começava caíam com o leve baque característico sobre as folhas do mamoeiro. Nada disse, mas entendi: não era maravilhoso ouvir essas coisas, o começo de uma chuva, essa conversinha miúda e essencial entre água e folhas?

Não pude contar à minha mãe muito mais que isso; não que não houvesse retornado, mas, sem encontrá-lo — um gesto muito esforçado de Nicanor em sua cadeira indicou-me que ele saíra —, desapontei-me, fiquei circulando pelo bar, entreouvindo que o que o "viajante" tinha em sua "malinha" eram remédios homeopáticos, receitas e um baralho com o qual lia a sorte. Alguém o vira e conhecera quando morara, por algum tempo, numa pensão das redondezas — a de dona Cármen, uma espanhola muito idosa que parecia mal atentar para os hóspedes. Lá ele lera a sorte de alguns hóspedes, fora prestativo e mostrara dons de benzedor, o que me fez pensar que o pouco dinheiro que teria talvez lhe viesse disso. Mas esse alguém queria demonstrar conhecimento do qual me permiti duvidar: "Não é argentino. Colombiano. E já teve problemas com a polícia, nunca olha direto pra gente, é só reparar". Um impulso ardente de defendê-lo me tomou, e como não tinha fundamento claro, foi se dissipando. Ao voltar para casa, de novo folheei as páginas do livro que me emprestara. Não falara dele a minha mãe, e minha irmã o tinha escondido entre outros — o que não era difícil, dada sua esqualidez.

Nessas poucas páginas o que havia era uma espécie de diário, anotações soltas sobre lugares e pessoas que incluíam curtos trechos de ficção e poesia. O autor, um "Murilo Montoya", se esmerava em estranhos fragmentos que assinalavam paradas em rodoviárias, pensões, trapiches, terrenos baldios em Quito, Lima, Montevidéu, Bogotá. O viajante não estava à vontade em lugar algum, esperava sempre algo diferente e extraordinário numa cidade que ainda viria, mas ouvia, registrava fantasmas, uma fábula popular, formatos de nuvens, diferentes sonoridades de vento, cantos de pássaros, planos e altitudes. Quem era? Eu o via como alguém que poderia me ensinar tudo, não houvesse entre mim e a possibilidade de aprendizado todos os muros, todas as restrições e interdições do mundo. Essa criatura dava-se por ímpar e era ímpar. Solitária, mas querendo romper a solidão fosse pelo avanço por estradas sul-americanas, fosse pela escrita. Mas era também tomada por nostalgias... de qual pátria?

"La madre y hermosas hermanas,
el cielo de grises mañanas,
manzanas, jardines lluviosos"

Demorou para que eu despertasse, batendo na testa para castigar minha tolice: não havia "Murilo Montoya" algum, claro, e o olhar fixo do quartinho foi se arredondando diante de mim, trazendo de volta a única identidade concreta. E tive dúvidas de que fosse um *Enrique*. De quantos nomes possíveis, de quantas trocas de identidade, de quantas peles novas devia ter precisado!

Voltaria a vê-lo um dia, passando com pressa pela calçada de minha casa, apontado por minha irmã. Saí para segui-lo e o segui até a inevitável passagem por Nicanor, dessa feita dormindo pesadamente. Mas ele não respondeu as minhas batidas na porta, nem mesmo quando as repeti além da conveniência. Sentei-me, desolado, num banco de madeira das proximidades. Queria lhe perguntar sobre o país de mãe, irmã e jardins. Não desistia de ter de situá-lo, entendê-lo, saber de que mundo preciso vinha e como explicar essa jornada que o trouxera a nosso bairro. De dentro do quarto de fundos não brotou um só rumor.

No dia seguinte, na mesma hora, sentei-me ao banco, e ele, ao chegar, não teve como não me ver. O pequeno sobressalto de contrariedade desapareceu depressa de seu rosto, substituído por uma expressão de cordialidade que não parecia totalmente falsa. Sem dizer nada, sentou-se a meu lado e começou a traçar alguns desenhos na areia. Devolvi-lhe o volume fininho. Olhou-me com certa ansiedade:

— Gostou? Esse Montoya não é mau poeta.
— É um poeta e tanto. Com certeza, é um grande sujeito.
— Não, não, as obras são melhores que os autores. Autores são ruínas humanas, contradições.
— Em todo caso, é alguém que eu gostaria de conhecer — provoquei, mas ele não se denunciou. Ficou num silêncio muito longo, acabando seu desenho na areia, o qual não pude olhar, pois rapidamente o desfez com o pé. "O livro eu lhe dei. Pode ficar com ele." Olhou para o céu e pareceu se inquietar por alguma coisa. Notei que relutava em me convidar para entrar, que parecia menos preocupado por si mesmo do que por mim. Não era alto, mas sua robustez mais para atarracada não atenuava sua agilidade, ainda que estivesse coberta pela mesma camiseta verde-escura desbotada e uma calça azul de brim que não sei como mantinha limpos — nada nele denunciava falta de banho, embora a barba estivesse sempre um tanto malfeita. E, ao entrar no quartinho, tirou de novo a camiseta. Sentando-se na cama, pareceu enormemente cansado. Não queria dizer que ocupação tinha, para onde ia com aquela valise que, entreaberta, revelava mesmo cartas de baralho, mas não deixei que percebesse meu olhar apontado para ela, que ele pusera junto a um travesseiro muito amassado. De repente, como se o silên-

cio fosse prolongado e significativo demais, densos e próximos como estávamos, rompeu-o:
— *Io no quiero.*
— Não quer?
— Não quero que venha muito aqui.

Creio que empalideci e baixei a cabeça. Depois ele disse que havia perigos, muitos, sobre os quais não queria falar, e pôs-se a contar de uma longa travessia a pé que fizera em montanhas das quais eu não podia ter ideia, das pedras preciosas que vendera *"en la frontera de los incas"*, de conversas com garimpeiros, da descoberta de delícias brasileiras que não esqueceria nunca: o sabor de pitangas, a salada de fatias estreladas de carambola, uma praia em Natal, um dia inteiro passado numa cidadezinha perdida de Minas onde se refugiara numa chácara abandonada cheia de pássaros que mal conseguia descrever de tão belos. Era dado a observar pássaros, sabia de espécies sobre as quais eu não tinha a menor ideia, e em Minas, nos baixios das serras, percorrendo riachos cercados por ingazeiros, vira uma raridade: o "passo-preto soldadinho", como o chamavam os roceiros, o fulgor amarelo e negro deixando-o ansioso de uma descrição mais precisa, captação exata, voo e cor.

E havia uma mulher em seu país inconfessado. *Ella*, a chamava. Mas, era impossível, quase chorava ao dizer que não voltaria mais, que o ponto de partida estava perdido, perdido para sempre, só haveria estradas, uma multiplicidade de estradas, mas poderia morrer numa delas, numa dessas muitas ferrovias — e mencionou o trem de Santa Cruz de La Sierra —, numa passagem andina — um companheiro fortuito de estrada fora atingido por um raio entre rochas no Chile, contou, e falou de ódios, de figuras marcadas, poderia levar um tiro pelas costas, ninguém saberia, ninguém daria por sua falta. E era melhor que ninguém se apegasse, *no tengo dirección*.

— Eu posso...
— *No puedes, niño.* — Afagou meus cabelos. *Menino, eu?* Sim, para ele. Procurei segurar sua mão em minha cabeça além do tempo devido, tentei retribuir, passando a mão pela sua calva um pouco suada — "uma tonsura, como de um monge" —, murmurei. Retirou-a depressa.

Os olhos negros brilhavam, e eu quase implorava para que não se esforçasse para falar português, porque sua voz na língua original tinha uma beleza peculiar, algo que me fazia pensar em minha mãe comentando quando ouvia boleros ou tangos. "É um idioma de homens verdadeiros, desses que fazem a gente se apaixonar para sempre, sem limites." Sim, era o idioma que mais admirava e fizera o marido, morto havia muitos anos, aprender canções em castelhano para ao menos murmurá-las para ela, de vez em quando. "Virgílio aprendeu bem. Até cantava *Frenesi* com muito charme, garanto."

Fiquei em silêncio. Queria que ele lesse para mim alguns trechos de poesia de Montoya, mas ele balançou a cabeça, incrédulo, talvez agastado pela minha admiração por seu exotismo, quando o que precisava era talvez de algo mais prosaico que eu não poderia nem cogitar lhe dar. Arrisquei lhe falar de sua temporada na pensão e de ele haver se mudado de lá, para que saíssemos do embaraço, para que ele falasse mais. Baixou a cabeça:
— *La viejecita estaba ponendo misterio...*

Não me contive quando ele me ergueu os olhos trêmulos de impotência depois de dizer isso e passei a mão levemente sobre suas cicatrizes — era uma pergunta sobre de onde vinham, um amparo, um desejo de que sua força toda me viesse, seus músculos enxutos, sua vida toda de virilidade e dor. Consolá-lo, ser quem e o que ele quisesse. Eu queria tocá-las indefinidamente. Mas o gesto o fez recuar, e eu não sabia o que dizer.
— Isso ainda deve doer — eu disse, relutante.

— Não, não dói. Faz muito tempo — riu.
— Quando, como?
— *Vete, ahora* — pediu.
— Eu volto.
— Não volte.

Minha irmã ainda o viu no ônibus do bairro, semanas depois. Mas a ausência ficou longa demais, e fui procurá-lo, decidido a ignorar as boas razões que tivesse para eu não ficar por perto. Eu pedira a minha mãe que me conseguisse alguma camiseta das que haviam ficado de meu pai, enfatizando o estado penoso da que ele usava. Nada a surpreendia tanto, levando como levava tantas roupas aos pobres das imediações. As cicatrizes, obsessivas, estavam em meus sonhos, vivas, como se ainda portassem o rubro de quando os cortes haviam sido feitos, e se estendiam mais extensas, pulsando à espera de toque. Eram preciosas, e aceitando, usando a camiseta, era como se eu as possuísse para sempre — em segredo, aquilo o ligaria a mim. Eu vestindo-o, ele seria um pouco meu.

Nicanor não estava à vista. No bar, o torpor do desinteresse entremeado por vários "não sei". Mas houve quem arriscasse falar: "Tocaram fogo, e não foi no bafo do Nicanor...". "Santo não era, se tão procurado." "É, mas ele não estava lá quando eles chegaram." "Não vão achar nunca, deve ser um especialista em sumir."

Corri para o cubículo. O incêndio escurecera paredes, muita coisa revirada, teréns desaparecidos, e era possível imaginar que, desde o fogo, vizinhos haviam feito pilhagens, entradas a qualquer hora sob a vista inepta de Nicanor. Recolhi folhas de um caderno espiral aos pedaços, um toco de lápis, um fragmento de mapa. Talvez dali, dos espaços amarelos cheios de ramificações de rodovias, ferrovias, acidentes geográficos, brotasse uma pista.

Minha mãe calou-se quanto aos fuxicos sobre os acontecimentos que deviam ter-lhe sido fornecidos em algumas de suas visitas ao conjunto habitacional e repôs a camiseta entre as lembranças de meu pai. Ninguém ousava falar nada, ninguém restituiria "Alonzo" — o verdadeiro nome era coisa que deixei sabida só por mim — mas, numa noite, ouvindo esboços de chuva nas folhas de uma goiabeira, sonhei um sonho que não queria que acabasse. Despertei e, raivoso, procurei dormir de novo para tentar continuá-lo.

Lá dos fundos de algum remoto país vagamente azul ele voltava, acenando de um entroncamento ferroviário, com um livro sob o braço. Eu me atirava em sua direção, mas nunca conseguia me aproximar, pois estava sempre muitos passos adiante, e as distâncias que eu julgava curtas só faziam se dilatar. De onde estava, do ponto próximo e inacessível de onde se erguia com a incerteza de uma nuvem, ergueu o livro, sacudiu-o, enfático (que eu nunca o esquecesse); depois, tirou o boné e fez uma reverência, apontando para uma estrada que serpenteava sem fim por entre serras. A seguir, repondo-o, desapareceu.

A chave

Parou na esquina, atraído pela vitrine e pela porta ao lado de onde saía uma música eletrônica de furar os tímpanos, se isso o importasse — o que importava eram os mais de cinquenta modelos de celular sobre prateleiras forradas de feltro carmim. Fizera aniversário no dia anterior, vinte e três anos comemorados com um bolo comprado na padaria do bairro com seu último dinheiro; achara por bem convidar o vizinho de parede-meia nos cubículos de fundos que ambos ocupavam, o "tio" Serrano, para comer com ele; na verdade, fora o velho quem, esganado, comera a maior parte, encantado por poder tomar guaraná também.

O certo agora era dar-se um desses celulares como presente de aniversário, mas a loja estava muito cheia. Num trecho mais adiante do quarteirão, perto de um pequeno comércio de pastéis e croquetes fritados com borrifos de óleo por uma coreana irritadiça, avistou a garota — menos de quinze anos, distraída, enfiada até a alma na conversa ao *smartphone* cor-de-rosa. Não foi difícil passar por trás e arrebatar o aparelho, deixando-a com a mão no ar e gritando, mas já ia longe, já dobrava outra esquina e, olhando para trás, não viu ninguém a persegui-lo; lembrou-se do número para o qual tinha de ligar, mas faria isso depois, Dilene podia esperar.

Ela estava perto dos setenta, tinha certeza disso, embora muita maquilagem a fizesse parecer com no máximo uns cinquenta, até onde ele percebia, especialmente quando ela saía para a sua volta habitual e não ia muito longe, experimentando ficar um pouco num bar de esquina onde ele a vira pela primeira vez. Às vezes ia até um cinema próximo no qual, fosse qual fosse o filme, dizia se sentir bem: "eu vi muito filme na minha vida, o melhor lugar do mundo é aquele escuro, aquilo", explicava, sustentando com pose pretensamente sofisticada o copo de conhaque barato. Havia sido loura, uma jovem parecida com Sandra Dee, atriz do passado — ele com cara pasma de "quem?" —, ela sabendo ser inútil qualquer esperança de que ele soubesse. Era tal qual Sandra, segundo sua mãe, mas seria loura ainda, como definir a cor da pintura do seu cabelo? Ela o fizera sair da porta do bar, onde parara à toa ou pensando nalguma oportunidade vaga de assaltar a geladeira de refrigerantes, e o pusera à sua mesa, querendo dar a impressão de que a convidada era ela, e ele, o pagante.

"Você é tão jovem, tão jovem" — olhava-o e tornava a olhá-lo, não se cansando de descobrir encantos que ele não sabia ter. "Você vem sempre aqui? Vamos nos ver amanhã?" Tudo que ele fizera fora um sinal de assentimento com a cabeça, engolindo rápido sua lata de cerveja, depois de ter perguntado repetidas vezes se ela pagaria.

Onde arrumava aqueles vestidos? Porque, a cada vez que ele a via, nunca se importando em seguir as datas e horas por ela definidas, pois sabia que ela estaria sempre à espera de sua ida nada pontual ao bar, aparecia com uma roupa um tanto usada, mas diferente, mudava a cor do esmalte — decididamente, não gostava de vê-la de unhas verdes ou roxas — e punha tiaras douradas ou prateadas, pulseiras de muitas voltas que ele tinha certeza de que vinham de lojas de bugigangas.

Fora numa dessas noites, depois de tê-lo levado ao cinema — embora ele não houvesse ficado até o fim para ver uma bobagem qualquer com George Clooney —, que falou de um Eduardo e de uma casa "incrível, incrível, menino", na qual fizera faxina. Ele ouviu, atento, a descrição dos quartos, salas, quadros, porcelanas, televisões e conjuntos de sofás, e viu-a suspirar muito, revirar muito os olhos e murmurar "Eduardo", como se nesse nome se ocultasse algo de uma realeza inacessível, os olhos verdes, a barba e o cabelo negros, impossível sujeito mais lindo, ele nauseado de tanta admiração.

Ele quis o endereço — perto de onde ficava a casa? —, saber os hábitos desse babaca rico, urdindo a visita que poderia fazer. Saindo do êxtase que o conhaque aumentava, ela o olhou ainda mais profunda e gravemente e disse: "Você não conhece meu apartamento. Pode dormir lá, hoje." Mas o nojo daquela pintura e de umas rugas que ela tinha no pescoço, que o faziam sempre desviar os olhos, além do orgulho de ter seu canto e preferir os roncos do velho Serrano, deu em recusa. Combalida, surpresa, mas disposta a não se deixar abater, ela ergueu o braço chacoalhando as pulseiras e pediu mais conhaque. Ele levantou-se e foi embora com uma desculpa aleatória.

Ela voltaria à conversa na noite seguinte, parecendo mais segura do que dizer e querer. Outra vez se derramou a falar de Eduardo — o que ele queria evitar, apressando-a para que passasse à descrição do que mais sabia da casa, como chegar lá. Ela sorriu: uma vez fizera a cópia da chave, certa de que poderia querer voltar ela mesma, pois o homem confiava nela irrestritamente (pronunciou a palavra com sílabas bem divididas). Voltaria numa noite em que estivesse irrecusável de bem vestida e bela, e Eduardo, obrigação de homem, cairia sobre ela. Ele se acendeu, disse não acreditar. "No meu apartamento, você vem? Eu te mostro" — disse, olhando-o de soslaio com a certeza de que dessa vez triunfaria.

Dura tarefa, ela queria que ele beijasse os seios murchos, puxava-o toda vez que recuava um pouco para respirar e dar-se algum entusiasmo para a execução, a ereção não querendo ser convicta, e, finalmente, só mesmo se ela virasse o rosto, se a pegasse por trás. Isso foi feito, mas a ejaculação veio com um gemido surdo, um alívio que aquilo acabasse. Para se manter no foco, usou a imaginação, lembrou-se de bundas outras, pensou que era um deus de pau quilométrico violentando garotas que via passar. Seu olhar ficou o tempo todo à espera que, ela tendo mantido a cópia da chave na mão fechada para que ele não a pegasse e escapasse, de repente, no relax obtido, ela a soltasse. Mas, embora pouco satisfeita, ela a soltou só no fim e a estendeu para ele, como que não se importando mais com o que viesse, entendendo que outro interesse nunca poderia despertar. Levantou-se para ir ao banheiro lavar as pernas escorridas, ele a ouviu e vestiu-se depressa para sair antes que ela de novo aparecesse. Tinha de correr, era uma das noites em que, ela dissera, Eduardo sempre saía e voltava bem tarde para casa, quando voltava.

A chave. Sentiu que devia girá-la devagar naquela porta sisuda, parecendo muito alta, marrom-escuro, entrada da caverna das arcas de ouro lendárias. Era uma lentidão sensual a que seus dedos se entregavam, os olhos fechados. Nunca vira casarão assim tão bonito, embora naquele trecho da cidade houvesse outros e alguns talvez até maiores e mais recheados de coisas a admirar e carregar. Na verdade, pensava agora na dimensão de seu risco, teria de ter trazido mais gente, mas não gostava de atuar em grupo, três, quatro, não podia confiar em ninguém e de fato não confiava — no entanto, esses casarões só mesmo em bando.

Precisava tomar coragem e aspirou a ponta de um fuminho que lhe sobrara no bolso do casaco, apertou a braguilha (sentir a grossura do pau sempre lhe infundia determinação) e entrou. De imediato deu com um tapete muito felpudo, apertou o interruptor e uma sala enorme se abriu à sua frente. Sentiu-se inserido, inesperadamente, em algum filme que já vira na televisão — uma lareira apagada e, acima dela, o retrato a óleo gigantesco de um homem de seus quarenta e tantos anos parecendo muito à vontade, mas sério, reclinado numa cadeira antiga, de espaldar alto. Estavam ali os cabelos e a barba negros, os olhos verdes e um ar que era o quê? — aristocrático de fato. Paletó marrom e, sob ele, uma camiseta verde-clara; calças igualmente marrons, feitas de tecido chocolate denso, algo que chegava a parecer comível. Ficou por tempo além do normal respondendo ao fogo verde daquele olhar, em contraste magnífico com a barba negra e os lábios grossos, murmurando para si mesmo exclamações que iam da admiração e da inveja a uma espécie de desgosto por saber que nunca seria belo assim, intimidador assim, rico assim. Isso o enfureceu e fatigou; estendeu-se numa poltrona por perto e passou a examinar minuciosamente, sem pressa, móveis e objetos. Girou a chave na mão — dava-lhe poder —, o homem não ia saltar do retrato e arrebatá-la, e a casa por muitas horas seria sua.

 A escada que o levava para o segundo andar era revestida de vermelho intenso, como se dali uma estrela de cinema estivesse habituada a descer. O que eram todos esses espelhos, esses cristais, para um homem sozinho? Um móvel translúcido tinha fileiras de cisnes, patos, marrecos e outros pássaros indefiníveis em cristal. Apanhou um cinzeiro de perfeita transparência e deixou-o cair ao chão, gozando o ruído do vidro quebrado.

 Não havia nada que quisesse roubar em particular, porque o que desejava era tudo. Pensara em encontrar dinheiro em algum cofre, mas isso lhe pareceu de repente uma ideia tola, antiga, e era a sensação que estava tendo agora, esta, o que queria — a de possuir uma casa da qual levaria o que quisesse, em particular algo que o fizesse vagamente um Eduardo, alguém que habitasse uma nuvem acima da cidade, onde tudo era precioso e além das descrições. Com um "uau", jogou-se na cama de casal com cobertor também marrom, cobriu-se como que envolvido por ondulações macias e carinhosas de chocolate, "uau", e mais retratos na parede, um deles uma fotografia grande do homem e de uma mulher que nem de longe poderia competir com ele em beleza.

Sentiu-se um pouco lesado — o que fazia ela ali, entre ele e Eduardo? Apontou o indicador na direção dela, simulou um disparo brincando, não trouxera revólver, mas uma faca que não chegara a usar, que esperava sua ocasião de perfurar uma barriga quente, batizar-se em sangue grosso; teria de eliminar a mulher de seu pensamento se quisesse desfrutar de tudo que queria desfrutar. No entanto, o sono começou a pegá-lo e não quis resistir a ele. Era perigoso dormir? Não seria melhor pegar algo valioso e sumir? Não, ficaria ali, ali, imaginando que ocupava o lado da cama onde Ele se acomodava, que um côncavo de lençol fora feito por seu corpo alto e sem máculas, côncavo onde agora poderia ficar acolhido para sempre.

Antes de Dilene, lembrava-se de uma esfregação com uma garota à porta da escola, algo enervante, pois a saia dela molhara com aquele jato rápido demais, e ela o xingara e saíra correndo. A julgar pelo que diziam Durval e Pingo, não era difícil pegar alguma delas à força nos pontos de ônibus em certa hora noturna, perto do cemitério, e ele tentara, mas a gritaria da presa e uma súbita compaixão — talvez nojo do que faria, entranhas femininas pareciam uma voragem suja —, o paralisaram. Ele soltou-a. Sentiu-se melhor quando um adolescente delicado, sardento, trêmulo, lhe fez um sinal certa noite no parque de diversões e o conduziu a um terreno baldio, pondo-se sobre uma pedra, as nádegas expostas, à espera. Um corpo como o seu, quente, fundo, fácil. Sem que nada fosse dito, ele quis um beijo depois, o que lhe pareceu absurdo, vergonhoso, mas cedeu, disse "obrigado" — não saberia o que dizer depois do beijo de outro homem, embora aquele fosse o menos viril que já vira —, e ele riu, espantado com o agradecimento, enfiando-lhe cem reais no bolso. Mas era preciso que nunca dissesse desse beijo a Durval e Pingo, pois regra de macho era no máximo comer e pegar o troco — se gostasse demais da coisa, acabaria "dando". "E perdeu as pregas, meu nego, nunca mais você vai ser o mesmo" — Pingo riu.

Em noites muito frias, Palito, seu pai, ritmista de um grupo de samba de curta duração e vadio na maior parte do tempo (poucos meses ficara com a mãe), vinha às vezes conversar com ele e, zombando, não querendo ceder à moleza sentimental alguma, o cobria com uma das poucas mantas que havia na casa. Queria que o pai, que lhe parecia sempre esquivo, sempre longe, pegasse na sua mão, seria bom dormir mais protegido, mas era o único gesto que ele se permitia: estender aquela manta, piscar um sinal cínico, e depois ir se entender — mal, aos tapas — com a sua mãe na cozinha. Aos dez anos, já não sabia onde tinham ido parar aqueles dois, e uma tia o recolhera, forçando-o a ir à escola e a evitar companhias notórias do conjunto habitacional. Garantia que ele era quase branco e merecia destino melhor.

Agora, não a manta, mas esse cobertor suntuoso, essa caverna de calor ideal, essa hibernação, até que, aos poucos, percebeu-se com a perna direita molhada, a poluição grossa, viscosa, sobre o lençol, e passou as mãos pela cabeça: precisava ou não limpar aquilo? Não, era como que um sinal de intimidade sua, sua marcação de território que Ele sim veria e pediria a uma das tantas faxineiras para que fosse apagada e, no entanto, talvez ele olhasse o vestígio com amor, imaginasse ter sido visitado por um admirador a quem nada recusaria se o visse cara a cara.

Levantou-se, merda, não havia meio de baixar essa coisa, poder andar pela casa sem parecer dotado de um espeto no meio do corpo? Meia-noite e mais num relógio de parede daqueles de antiquário, decidiu descer para contemplar um tanto o quadro acima da lareira. Antes, porém, abriu o guarda-roupa, pois precisava disso, de um roupão (o roxo lhe pareceu ideal), vesti-lo, passar a borla aveludada pela cintura, trafegar pelos aposentos como um proprietário displicente, assoviando até. Como estou? — um espelho de corpo inteiro o devolveu com elegância que aprovou, as mãos bem enfiadas naqueles bolsos fundos. Devidamente trajado, agora era se apossar tranquilamente de seus domínios.

Entregou-se à contemplação da pintura, até um pouco envergonhado por estar usando o roupão dele — a verdade é que não lhe caía bem, estava desajeitado, nunca teria aquela impecabilidade que ele ostentava. Os olhos verdes do quadro o acompanhariam pelas costas, vivos, como naqueles desenhos animados em que um cão e seus amigos viviam apavorados com fantasmas em velhas casas e castelos abandonados? Quem era ele de fato? Que mulheres tinha? Onde trabalhava? Que perfume usava? Entrou no banheiro e abriu o armário muito branco emoldurado por filetes dourados; aspirou profundamente a loção, julgando ali sentir o cheiro de sua pele, imaginando a proximidade de sua barba; havia também uma pilha de sabonetes importados, que cheiravam a alguma erva estranha, devidamente máscula, e ele pensou que poderia depois tomar banho usando um deles.

Olhou bem para seu rosto no espelho — tinha um tipo de beleza do qual ele gostaria? Poderia ser menos pardo, ter olhos azuis ou verdes como os dele; seus cabelos não eram pixains, mas puxavam para um crespo rebelde, exigiam forte escovação. Não, não era feio, e isso explicava Dilene, explicavam outros olhares. Pudesse, se rebatizaria — mas seria um "Edward", não um Eduardo, e o "de Souza" desapareceria de sua identidade; um sobrenome americano, "Williams", como aquele do respeitável senhor de família num livro de inglês didático, não ficaria mal. Mas americanos que não fossem bem brancos eram aceitáveis? Agastou-se com o espelho e se afastou, ainda sem rumo, pela casa. Livrou-se do roupão, fazia calor.

Um barulho no estômago, e lembrou-se que antes de vir, lá pelas seis da tarde, comera apenas um cachorro-quente. Pensou na geladeira — e que geladeira o homem não teria! A cozinha era ampla, observou os azulejos de um azul-claro orlado por florezinhas estilizadas num alaranjado que combinava extremamente bem, viu os armários, o fogão, e, de repente, um pio estranho: tendo acendido a luz, iluminara, lá ao fundo, uma gaiola onde uma cacatua cinzenta se alarmara. Aliviado, suspirou. Achou que devia cobri-la e encontrou um pano apropriado. Ouviu movimentos de carros na rua, uma risada distante; só agora se dava conta de que não ouvira nada desde a entrada na casa.

Esse aguçamento de realidade lhe pareceu um alerta para que não ficasse muito tempo. Abriu a geladeira, retirou duas latas de cerveja e, localizando pães, fez-se um vasto sanduíche com os queijos e frios que encontrou, deleitando-se ao colocar, como luxo, meio vidrinho de champignons. As cervejas eram da marca de que gostava. Mas o presunto pareceu estragado, e ele cuspiu parte do que comia, com medo de intoxicação. Amaldiçoou a má sorte e preparou-se outro sanduíche. Com ele num prato — cuidado, Edward, para não deixar cair lasquinhas de pão — voltou à contemplação do retrato no sofá. Poderia ficar ali por muito tempo, mas precisou ir ao banheiro. Cervejas. Ao sair dele, abrindo a porta para a cozinha, achou que poderia muito bem, sem que ninguém lá fora se importasse com isso, acender as luzes do casarão todo — a escuridão não lhe agradava nem um pouco, lembrava-se de noites em que a mãe, desesperada quando a eletricidade caía (o que era frequente no conjunto), punha-se a rezar e pedia que ele ficasse bem perto dela, encolhido.

Preparava-se para subir e começar a acender as luzes do andar superior quando supôs ouvir algo muito, muito indistinto roçando os tapetes da sala. Curioso que seus ouvidos aguçados nesse momento não tivessem ouvido o girar de uma chave nem mesmo o bater de uma porta que se abria em algum canto da casa e o remexer de uma gaveta onde se vasculhava alguma coisa.

O homem surgiu, nenhuma animação nos lábios bem cerrados e uma fúria tranquila e determinada nos olhos verdes, bem maiores do que ele imaginara. Trazia um molho de chaves na mão e o balançava como que para patentear a sua propriedade. Colocou-o de volta num bolso e, do lado esquerdo da calça — a mesma calça marrom-suculento —, puxou algo. Atrás dele, espiando, trêmulo junto a um portal, um vulto de mulher. O homem olhou para ela, cerrando os lábios, orgulhoso, e a seguir olhou para ele. Ele viu o revólver apontado e, ainda meio aturdido, pensou em limpar instintivamente o pouco de mostarda que lhe ficara ao redor dos lábios.

Murmurou: — *Pa...*, de "pai" ou de "pare", o que não pôde concluir.

A lâmpada

para Huendel Viana

Se perguntada por "Cido Curiango" — que fazia questão de chamar pelo verdadeiro nome: Aparecido Claudino —, Dona Raulina, mãe adotiva, mais dois filhos naturais, balançava a cabeça e dizia: "Sei lá, no meio do mundo, sumido" —, e a seguir contava que fora assim, de repente, nada de ir mais à escola, o ano abandonado, pé na rua, umas poucas reaparições em casa e, por fim, invisível.

Não suspeitava que, de vez em quando, os olhos do moleque paravam ali, à sua janela, e olhavam para dentro, ansiosos, avaliadores. Numa noite ele até chegara a entrar e apanhar, silencioso, um pouco de comida na cozinha. Subira no telhado e ali ficara comendo, lambendo os dedos com o arroz e a abobrinha que só ela fazia tão bem. Depois, era voltar para a busca de vala, bueiro, sucata de carro, para dormir. Aplicava toda a sua perícia em não fazer ruído para descer. Não podia arriscar-se a ser ouvido e chamado de volta — precisava de outra vida. Assanhado pela noite desde pequenino, Dona Raulina o salvara uma vez de jogar-se, extasiado, contra os faróis de um carro.

Aos treze anos se fizera adepto das ruas, da cidade ilimitada, que gostava de percorrer sozinho — sua associação aos grupos era fugaz, não se deixava seduzir por rotinas, esquivando-se sempre para mais para a frente, para os horizontes de néon e grandes prédios escuros além dos quais reinava um horizonte ainda mais escuro. Morrer? Caíra da altura de três metros ao não encontrar uma escada no fim de uma laje molhada, na fuga de uns tiros, e não quebrara nada; roubara *bagulho* para vender a preço seu e não fora eliminado, resistira em zigue-zague a balas que lhe zuniam ao pé da orelha, a cortes de canivete, curados com mertiolate e band-aid pegos em passagens velozes por farmácias; fazia parceiros ocasionais para entrar em casas, postos, restaurantes e, na hora de dormir, sempre um ninho imprevisto, não revelado a ninguém.

Ria ao parar diante de algum bar onde, em televisão, rolassem as aventuras do Pica-Pau: sim, com ele ninguém podia, do nada surgia a banana de dinamite, o charuto explosivo, o canhão, o voo incontrolável, o bico ativo, a travessura, a punição, o revide. Coçava os bagos, contente, e aplaudia.

Mas achava que andava sendo muito notado, que ultimamente dera para cruzar com mais viaturas em marcha lenta; que as esquinas lhe davam, de abrupto, tipos para os quais precisava baixar a cabeça. Por isso encompridara sua fuga, se embrenhara em distâncias novas e inóspitas, bairros cujos nomes só Deus sabia, ruas após ruas de bares, supermercados, salões de forró, de bilhar, terrenos baldios com fundações surgindo. A suspeita de que o acertariam, de que um cano de revólver ou um porrete o acordaria numa dessas manhãs o fazia dormir pouco, mal, pensando muito, engolindo bebida roubada para se aturdir. Assim, de esconderijo a esconderijo, fora parar num terreno com um barracão sobre brita para o qual só voltava à noite. E havia ali uma espécie de cabine da qual podia ver tudo ao redor. Vigiava, dormia. Parecia seguro, ao menos por uns tempos.

O que o atraía era uma janela bem em frente, num pequeno prédio baixo e pichado em todas as direções. Era uma escola, o que fora uma escola, a julgar pela ruína do playground com o brinquedo giratório de patos de madeira quebrados. Do letreiro no muro só haviam sobrado algumas letras que nada formavam, sujas de excrementos. Todo começo de noite, uma mulher aparecia — baixinha, de óculos, pasta sob o braço, chegando da rua devagar — e abria o portão quebrado, com rangido nada discreto, olhando para todos os lados; depois, entrava e acendia uma lâmpada. A sala não era muito espaçosa e, pela janela de pequenos retângulos de vidro, só uns poucos intactos, ele a via com a nitidez permitida pelos sessenta watts.

Ficava feliz, contagiado pela calma com que ela se erguia para acendê-la, girando com suavidade o pino do soquete, fazendo a luz, animando-se ao arrumar carteiras. A seguir, risos e vozes, e um grupo — jovens, adultos, mesmo três idosos — passava devagar pelo portão aberto. Via todos juntos, talvez oito pessoas, com a parcialidade que seus olhos não iam vencer, movendo-se lá dentro na sala, e a mulher diante do quadro-negro, explicando pontos iniciais do alfabeto. A voz, que no início lhe parecera muito aguda, o deixava satisfeito: ele estendia as pernas, punha as mãos sobre a barriga, descansava, ouvia. A música daquelas sílabas, a lição repetida, coisas que já sabia por ela, mas que era delicioso de novo saber, lhe davam vontade de anotar.

Pegar um caderno dos mais bonitos, capa dura com foto de sujeito deslizando em skate, na prateleira do supermercado, por que não? Noites, noites a fio anotando, gostando de sua letra, de sabê-la ainda bonita, arredondada, e assim, devagar, a expectativa da chegada da mulher, de sua entrada cautelosa, a lâmpada acesa, os alunos se acomodando, deixava-o orgulhoso, como se vivesse uma situação de luxo, sem ser visto. Era tudo de que precisava.

Achava o bairro particularmente escuro, mas a janela iluminada como que o sorvia, não podia olhar senão para lá. Sentia o gesto da lâmpada segurada por aquela mão delicada, o pino do soquete girado, como algo voluptuoso e completo. Era o que lhe permitia desfrutar, a distância, de um mundo tranquilo, embalado pela voz que tecia com vogais e consoantes objetos, alusões, rostos, nenhum lhe parecendo hostil. E, numa noite em que dormira depois de tentar entender suas próprias anotações confusas, despertou com a tranquilidade toda varada por zunidos, sirenes, gritos, sons de coisas se espatifando. Olhou para a janela e pensou, não sem gratidão a algo obscuro, que ao menos a mulher e seus alunos não estavam na escola, na hora morta, em meio ao tumulto.

Na manhã seguinte, foi simples entrar — o ermo era completo — e ver o que restara do que já eram restos de janelas e portas — cacos sobre um tanque, um banheiro em cujo chão era impensável pisar. Entrou na sala, viu a lâmpada quebrada, estilhaços rendilhando o soquete. Lembrou-se de imediato do supermercado e do ponto não distante do caixa onde se testava lâmpadas compradas. Rumou para lá e, quando a mulher retornou à noite, prostrada, balançando a cabeça, ao entrar, acendeu-a, com ele sorrindo de seu posto de observação, caderno em punho, olhos atentos.

Deteve-se nesse bairro, não pretende continuar na fuga para o horizonte de breu e pedrarias hostis, acha que encontrou algo vagamente semelhante a uma casa. Todos os dias, não há mais nada a esperar senão pela hora em que, depois que se acomodou no observatório, a mulher chega, abre o portão rangente, olha para os lados, ciente dos perigos e espreitas e, caminhando entre escombros, abre a sala e acende a lâmpada. Ele incumbiu-se de trocá-la a cada vez que for quebrada para que a luz e a calma o inundem, para que aquela voz lhe cante o que terá de anotar.

Nunca o verão talvez, ela e o grupo que a ouve, mas ele estará lá, a postos, sua nuca sob a mira de um revólver que ele não nota, mas seus olhos presos à janela, à claridade que, mesmo entre ruínas, se difunde.

O sussurro

Uma ameaça. Diabo de homem o olhando assim. Ou era ele que dava importância demais a um olhar fortuito? Tudo bem, acendia um cigarro — o Nilo não era de proibir, bar-restaurante modesto, havia sempre um cinzeiro no balcão.

Cravou os olhos no cigarro, isolando o resto, estava perfeitamente isolado em seu canto, inteiro, senhor de si — blindado no paredão que se sentia ser, no tórax forte, na braguilha defendida, ninguém encontraria brecha para deboche. Olhar de outro homem, um vago querer briga ou o quê? Nenhum esclarecimento, nenhuma aproximação. E a tarde se esvaía, lenta. Nada para fazer. Alongava o tempo com que regularmente se toma uma cerveja. O Nilo consentia; nas horas em que não havia freguesia, sentava-se para conversar com ele.

O olhar do desconhecido se prolongou, mas súbito cessou: outro foco, a mão que espantava a mosca na testa. O homem saiu sem se virar e tomou uma rua na qual pouco a pouco sua figura se dissipou, seguida por alguns olhares entediados com certa curiosidade. Nilo falou com perplexidade meio gozadora na voz: — Não sei nem o nome.

Mas a presença da figura, a partir dessa tarde, ficou mais constante. Entrava e tinha direção — certa mesa mais ao fundo, a caminho do banheiro, sob as fotografias de jogadores de futebol, do velho "carro de praça" do pai do dono do bar, de um grupo em roupa de domingo diante da rodoviária minúscula, a flâmula de seu time e uma antiga propaganda de Crush, querida como uma pintura muito conservada. Nilo lhe sussurrou que o estranhava, que era apenas de sim e não, de pedir cervejas ou refrigerantes e ficar pouco tempo, de sair quando menos se esperava, sem falar com ninguém, e olhe que repelir o bando de tagarelas e importunos inseparáveis do ambiente dava considerável trabalho — mas, de tão quieto, parecia impor uma forma estranha de respeito, uma barreira que mesmo os mais bisbilhoteiros não conseguiam transpor. "Parece que se mudou faz pouco tempo pra ali na rua da ponte, praquela casa que estava pra alugar faz um tempão. É sozinho"; "Não é de dar conversa, acho que é um filho da puta de um orgulhoso"; "Outro dia dona Ernestina ouviu um gemido saindo de lá, mas não teve coragem de entrar; pudera..."

Procurou o olhar outra vez, mas agora era o homem que fugia do seu. O olhar inicial que lançara para ele parecia de ligeira surpresa, de compreensão de algo que lhe escapava, com uma fagulha que talvez fosse um pedido de aproximação. Um pouco calvo, um resto de cabelos ainda pretos, devia passar dos cinquenta, um rosto em que não era possível ler muita coisa, apenas certo ardor de malícia nos olhos quase cinzentos. Trazia sempre um bloco ou caderneta em que anotava coisas, e isso gerava desconfianças em alguns: diacho de ficar escrevendo, joga no bicho, é fiscal, é policial, é o quê? Nilo esclarecia e acalmava: "Não faz nada perigoso, tenho certeza, é birra com ele, só porque tão calado". O "pano quente" não convencia: ele mesmo devia morrer de curiosidade por saber o que o homem escrevia.

Os passos que desciam essa rua eram menos voluntários que instintivos — por ali descia com Laia e iam dar longos passeios pelas ruas ao longo do rio, a correnteza e seu ruído contínuo meio abafado, os trechos de água um tanto escondidos pela sucessão de árvores, bambus, goiabeiras, as muretas protetoras. Não se falavam muito, e ela às vezes lutava, em alguns momentos, para impor sua voz sobre o ruído da água batendo com maior força em pedras grandes e também achava que ele tinha um pouco de surdez da qual não se dava conta, obrigando-a a quase gritar, irritada. Os passeios eram um romantismo dela, que ele tinha de acatar, quase sempre ressentido.

Fora assim, depois de muito andar para o fundo da noite, num debate interminável em que ele rogava, forçava para que fizessem ali mesmo, foda-se se alguém estivesse olhando, que ela anunciara seu desejo de viajar com a amiga, alguns dias numa praia, talvez uma semana, talvez mais. "Vai me deixar sozinho, agora?"; "Ora, não, só preciso sair um pouco daqui... me sufoca, sabe? este lugar... Ver outras coisas"; "... cansada de mim, é isso?"; "Não, não, por que você não compreende? Anete é boa companhia, divertida"; "Eu não sou divertido, sei"; "Ora, meu Deus, não dá, não dá. Não entende? É diferente, estou cansada de ficar em casa e...". Iam discutir outra vez, ele arrumaria uma carranca magoada, ela cederia, mas dessa vez se mostrava mais determinada: proclamou que, dissesse ele o que dissesse, sairia com a amiga em ônibus na manhã seguinte, a passagem já estava comprada. "E eu não sabendo de nada..." — ele resmungara, sem perceber já fazendo um punho fechado, para o qual ela lançara olhar velado e medroso. Ela se apressou em fazer o caminho de volta, andando depressa, correndo, para não ter de falar, não ter de ouvir. Ele a alcançou no portão de casa, puxou-a: "Você não vai a lugar nenhum, não vai."; "Você que pensa, vou, vou sim, e nesta noite não durmo aqui, durmo na Anete"; "Vocês não se desgrudam, por que faz isso comigo?"; "Isso é amizade, coisa que você não compreende, estúpido"; "Estúpido, eu? Só vivo por você." Seguiu puxando-a, depois se resignou a que ela entrasse na casa, batendo a porta. Mas, lá dentro, fez novos apelos para que não viajasse, que ela não ouviu, arrumando as roupas nervosamente, enfiando-as na mala.

Ele precisava, precisava de um soco, esmurrar, esmurrar o que fosse, uma prova de que, outra razão não houvesse, havia sua virilidade, sua legitimidade, seu mando. Socou o vidro lateral da cristaleira, e o barulho a atraiu para a sala. Praguejava, exibia a costa da mão direita ensanguentada, e ela arregalou os olhos, não sabendo se corria com sua mão dilacerada a uma torneira para estancar o sangue ou se recolhia todos os cacos do móvel antigo.

Vinte e seis pontos depois, num pronto-socorro, ele assustado, ela em silêncio. Ainda assim, ela viajou com a amiga na manhã seguinte. "Tome os remédios direito, cuide dos curativos", ela disse, incrédula, assustada com o exagero de sua chantagem. E não voltou senão meses depois para pegar o que restara de suas coisas, muda, obstinada em não responder a nada que ele perguntasse ou insinuasse. "Fica", ele gritou de seu quarto, os pontos cicatrizados, não se decidindo entre dar à voz o tom de uma ordem ou de um pedido. Ela saiu, sem olhar para trás. Nada ouviu quando ele murmurou — o que raramente fazia — seu nome completo, *Eulália*, com o que tinha de mais parecido a afeto, num tom quase de choro, mas não, nada de chorar. Preferiu morder a mão, a do ferimento, e fechar os olhos murmurando um palavrão incandescente.

Encontrar Laia no movimento do centro, vê-la passar ao longe, não era raro, mas abordá-la parecia fora de qualquer hipótese conveniente — sempre se contraía, olhava para as cicatrizes do corte, virava a mão rapidamente e a passava pelo queixo, pensando que ela olharia para ali, sem palavras, acusadora, lembrando que era perfeitamente sensato não morar mais com ele. Viu-a no átrio da igreja matriz, no qual se espalhava pelos estacionamentos de pedras irregulares, junto aos jardins da praça, uma boa quantidade de carros. Ela entrou na igreja, decidida, nenhuma desconfiança quanto a ele estar ali, do outro lado da rua, olhando-a do pilar de um dos caramanchões. Deixou-a desaparecer de vista e tomou a escadaria, um pouco intimidado, pois entrar numa igreja parecia algo tão remoto como ser menino e seguir procissões agarrado à mãe que só tinha olhos para sua vela e seu rosário. De novo apêndice pequeno da mãe, tinha a inibição dos domingos, parecia que seus sapatos novos rangiam muito alto e suas roupas podiam estar em desalinho e o tornavam ridículo, além de farfalhar, chamar atenção, mas ninguém nas fileiras de bancos se voltou para olhá-lo. Ajoelhou-se, o "nome do pai" ao menos sabia ainda fazer.

Deu-se conta, então, dos ramalhetes de lírios alaranjados e salpicados de preto fixados às pontas dos bancos e de um caixão de defunto sobre um carrinho de hastes de metal nas proximidades do altar. Gente se levantou, se persignou, e um padre fez um curto sermão sobre mortos e enlutados. Um parente de Laia? Contornou fileiras laterais vazias e foi mais para a frente, postando-se atrás de um pilar para não ficar visível para ela, que estava sozinha, pensativa, mas não rezando nem se ajoelhando quando todos se ajoelhavam. Sabia quão pouco ela era de religiões e que contrariada devia estar ali — uma obrigação de família ou amizade. Imaginou-a ardendo de ansiedade por sair lá fora e fumar.

Diabos, ele, o homem do olhar insistente no bar do Nilo, estava ali. Esse cretino seria católico? Essa gente sempre lhe parecera suspeita, não bastassem as histórias que muito ouvira de coroinhas ameaçados por sacerdotes velhos e seminaristas.

Lembrava-se de um amigo dizendo, entre dentes, com os olhos baixados sobre um copo de cerveja: "Tudo que esses filhos da puta fizeram foi tornar a punheta um verdadeiro suplício para mim, era gozar e correr para debaixo da cama para me esconder do raio que ia despencar na minha cabeça". Quanto a ele, além das procissões com a mãe, lembrava-se de roxos e carmins que revestiam o escuro dos confessionários, das perguntas capciosas e das condenações a orações monótonas.

Havia também muito roxo no caixão que estava ali, envolto num cheiro que não conseguia definir, mas era repulsivamente doce. O homem não olhava para os lados, com as mãos cruzadas decentemente à altura do umbigo. Mas Laia olhava para ele. O olhar tinha qualquer coisa de admiração ou ele estava imaginando?

Acabada a cerimônia, era seguir aqueles fiéis ou parentes do morto, desconhecidos, mas só depois que ficasse garantido que Laia saíra com eles. Olhou com uma carranca interrogativa proposital para o homem, que respondeu com outra interrogação que lhe pareceu de uma inocência fingida, estava claro que ele não queria reagir a provocações, que estranhava ou fazia por ignorá-lo sem muita eficácia. Depois, os olhos dele se estreitaram e um ar sério dominou o rosto que, contrariado, tinha de admitir que era atraente. Pôs-se no lugar de Laia para tentar entender o que ela vinha admirando, o que aumentou sua hostilidade ao outro e sua raiva a si mesmo. Deu um tapa com força sobre o encosto do banco.

Não era lugar para hostilidades, logo estavam fora da vista um do outro e, de qualquer modo, ele tinha um respeito supersticioso a igrejas, e todas as flores, o caixão, a família prostrada deixavam-no um tanto tolhido — esses lugares o faziam pensar nas muitas certezas de castigo por coisas que não compreendia bem, mas que carregava em suas entranhas. "Claro que sou um sujeito feito para o Inferno", tremia — sua presença era inteiramente herética, impura. Baixou a cabeça e saiu, não encontrando sinal de Laia na vasta praça agora muito povoada. Melhor assim, não queria que ela pensasse que ele a perseguia. Teria marcado encontro com o sujeito fora de sua vista?

Não, porque ele não demorou a sair sozinho da igreja. Andava devagar, olhando para os lados, parecendo dono de uma calma que nada abalaria, nem os ruídos impiedosos de uma feira superlotada com barracas que vendiam roupas, relógios e óculos baratos, imensas cocadas, cachaças com nomes obscenos e lembranças da cidade, a camiseta com fotografia de uma das cachoeiras da região; andava por entre as barracas, detinha-se para pegar algum objeto pequeno e reluzente, dava uma risadinha para o vendedor, mais alguns passos, recuava.

Escurecia, mas ainda o viu pegar uma das aleias e passar lá pelos lados do chafariz, sob um caramanchão, fazendo esforço por não lhe perder os passos, que não sumisse no tumulto de tantas cabeças, tantas calças, camisas, gestos, vozes, que não lhe saísse de sob os olhos — estava disposto a abordá-lo, o assunto arrumaria na hora, era preciso que esse homem se provasse verossímil, pudesse ser traduzido, domesticado por algum convívio tranquilizador. A barra do poente, de forte alaranjado, traços de labaredas contrastando com os cinzentos e azuis-claros, se dissolvia no alto, entre dois edifícios de apartamentos que eram o orgulho da cidade, os primeiros e únicos arranha-céus — que coisa, essa expressão ainda se usava? —, incessantemente fotografados pelos locais para terem a ilusão de estar num lugar grande e progressista. Seu alvo parou na portaria de um deles, conversou com o guarda umas poucas palavras, sorriu, assentiu, seguiu em frente.

Foi quando desciam para as ruas das proximidades do bar do Nilo que ele começou a olhar para trás de vez em quando, obrigando-o a se esconder, desajeitado, certeza de ter sido visto, atrás de alguma árvore ou muro. Eram essas as ruas pelas quais ele passava ao voltar para casa? — ficou imaginando-o sempre sozinho, as mãos nos bolsos da calça, sério mas à vontade naquele mesmo ritmo sem pressa, desconhecido de quem estivesse ao portão ou à janela, os eternos moradores ansiosos de saber o nome, a origem, a profissão e o quanto mais pudessem de qualquer desconhecido — a bem da verdade, agora reduzidos, pois o medo de gente estranha já superava a antiga curiosidade aldeã. Era senhor de si de uma maneira que o desagradava profundamente. Agora, uma rua mais escura, postes de lâmpadas de mercúrio queimados, os muros cobertos de santinhos e cartazes dos candidatos de setembro com as respectivas pichações de xingamentos merecidos. Ele parou a certa altura, quando era de esperar que dobrasse a esquina, e olhou para trás. Não esperava por esse olhar, encolheu-se, mas estava exposto, não havia esconderijo à vista. Procurou aprumar os ombros, empinar o peito, nada de mostrar inibição. De longe, viu que o homem sorria, e havia no sorriso um quê de incredulidade ou desprezo, pensou. Não estava disposto a baixar a cabeça, sustentava o olhar. A esquina foi dobrada por ele lá na frente, e agora ele atravessava um quarteirão de resedás e miniflamboyants em flor.

Ele não o perdeu de vista, mas já se aproximavam da rua da ponte, e agora o fugitivo decidira ir mais depressa. No entanto, houve um momento em que parou e pareceu esperar que ele o alcançasse, hesitando. Deixou que se aproximasse cerca de uns cinquenta metros e, ainda sorrindo, sussurrou alguma coisa. O que dizia? A tentativa de leitura dos lábios que tentou fazer pareceu se empastelar, como se estivesse diante de uma língua estrangeira indecifrável. Mas o sussurro foi repetido, e, pela expressão, ele concluiu que só poderia ser um insulto, porque ele continuava sorrindo e a naturalidade com que soltara o sussurro era odiosa. Depois, com rapidez até então não usada nessa caminhada, avançou um quarteirão, e ele o perdeu entrando no portão da casa.

Sentiu-se estranhamente inerme, como se o sussurro o houvesse incapacitado para andar depressa ou tomar qualquer atitude. O calafrio e a raiva pelo xingamento imaginado tinham-no abestalhado. Sentou-se um pouco num meio-fio, respirou profundamente o ar da noite e voltou para casa, com sílabas inacessíveis o torturando, os dedos tentando desenhar uma palavra no ar, não era essa, não era essa, nenhum resultado que fosse vagamente satisfatório.

Laia se dispusera a telefonar e um dia apareceu com um vidraceiro para lhe reconstituir a cristaleira — ficou olhando o profissional tomar medidas, anotar, oferecer orçamento, e, tudo estabelecido, pareceu que era só essa a razão de sua visita, deixando-o um pouco agastado, as mãos nos bolsos, querendo esconder a cicatriz — parecia-lhe um elo obsceno com uma parte detestável de si mesmo — e embaraçado para convidá-la a almoçar, nada na despensa, nada na geladeira. Mas lhe propôs irem a um restaurante, com o que, para a sua surpresa, ela consentiu. Mais tarde, puseram-se diante de generosos filés de tilápia fritos com salada e vinho branco. Ela não queria falar muito, estava de olho no relógio e lhe dissera que tudo isso teria de ser bem rápido.

— Eu não vou conseguir mais ver você? Não me perdoou?

— Não sei. Demoro a processar essas coisas, rumino muito. Mas não conseguia dormir pensando na cristaleira — ela respondeu, garfando uma folha de alface e comendo como se o pensamento a tivesse levado para muito longe dali. — Eu sabia que você não ia se dar ao trabalho de consertar.

— Pagarei o vidraceiro.

— Não, isso é comigo.

— O que acha de mim, ainda? — ele ergueu o rosto, forjou um perfil, ao que ela sorriu, como se espantada com a criancice.
— Besta, você é atraente.
— Não dá para repensar?
— Já disse. Vamos dar um bom tempo.
— Você deve tê-lo achado mais bonito...
— Achado *quem* mais bonito?
— Na igreja. Eu vi como você o olhava.
— Olhava *para quem*? Quando foi isso?
— O dia do velório. O morto, quem era?
— Pai de uma amiga. Fui lá fazer companhia a ela.
— Eu vi você olhando o cara. Claro, não posso nem de longe me comparar a ele, bem-vestido daquele jeito.

Ela riu: — Você... Não sei de quem você está falando. Não sei nada. Não olhei para ninguém. Aliás, ando cansada de homens — levantou-se. — Olhe, não vou comer mais. Quer dividir a conta? — Foi com o cartão até o caixa, obrigando-o a segui-la, contrariado. A seguir, viu-a sair rapidamente pela porta giratória e ficou calado, imóvel, demorando a pedir uma nova cerveja ao balconista. "Cansada de homens?" Tantos assim? E ele, passando tantos dias em sofrida fidelidade, dando trabalho à mão direita, mas sempre com ela na fantasia, um idiota. Soltou um palavrão, ao qual o balconista prestou uma atenção inquieta, olhando para os lados.

Decidiu ir à casa. Com a noite de muito calor, a janela estava parcialmente aberta e havia luz lá dentro. Que gemidos teria ouvido ou suposto ouvir a tal Ernestina, vizinha? Ele teria uma mãe, um pai adoentado? Não parecia senão ser um solitário, e o silêncio da casa — de onde só emergia um vago fio de música de piano, talvez vindo de uma televisão ligada baixinho — não o autorizava a pensar nisso. E se fosse, afinal, casado? Entrando, então, ele teria de se deparar com mais alguém? Achou melhor tirar os sapatos e abriu o portão muito devagar, para que o trinco não soltasse seu rangido. Mas pisar de meias o fazia se atritar em pedrinhas doloridas. Vez em quando, um vento sacudia o abacateiro ao fundo e os pés de mamona do terreno baldio ao lado, trazendo esperança de chuva para a madrugada. Um gato o fitou de lá de um pequeno alpendre, saltando depois para o muro. Contornou a casa e achou o quintal porcamente abandonado, repleto de entulhos, incluindo uma bicicleta de ponta-cabeça entre latas de tinta usadas. Havia uma lâmpada fraca no que talvez fosse a cozinha, e a porta tinha frestas bastante propícias. Mas o que enxergou ao espiar — supôs um vulto passando, captou algo que talvez fosse um reflexo de espelho — foi pouco.

Havia uma janela lateral aberta para um quarto pequeno, sem sinal de gente, com uma cama de solteiro e alguns quadros na parede — santos e profetas, uma palma das que se deixava secar, benzidas em Domingos de Ramos, e até mesmo um velho retrato do Padre Donizetti, de Tambaú. Tudo aquilo tinha aparência de herdado de uma mãe católica falecida, e ele pensou na sua, em quem nunca pensava para não ter de revolver um fantasma incriminador. "Você deve estar aí, desgraçado, você deve estar aí", sussurrou, decidindo que ele estaria mais à frente, na sala ou num outro quarto, e que podia entrar por esse. Um tremor de excitação e raiva tornava seus movimentos mais difíceis, mas era arremeter-se, cerrar os dentes, ignorá-lo. Teve de enfrentar um pouco mais de escuro até perceber certo ruído no que, mais adiante, era na certa uma sala, como se algo ou alguém se mexesse. "Logo chego aí, logo chego aí", mas a distância curta parecia exaustivamente comprida, e ele tinha medo — o que não poderia deixar transparecer nunca. Quando uma luz se acendeu e um som humano se fez — um gemido, o quê? —, e ele ficou tão desarmado que, por terror, apanhou o primeiro objeto que tateou — a escultura de um santo? Fosse o que fosse, era de um vidro pesado.

A luz revelou um sofá num canto, um toca-discos antigo, a música de piano escorrendo, monótona, sem linha melódica identificável. Ele estava no sofá, sem camisa, só a calça do pijama, atento, embora os olhos traíssem sono, e lhe dava um sorriso. Queria tranquilizá-lo, com o sorriso e mão erguida como se pedisse para parar o que quer que fosse fazer. Era uma provocação?

— O que você me disse lá? O que você me disse lá naquela rua?

Ele não respondeu e balançou a cabeça, como se fosse inútil tentar explicar. Foi então que soltou uns sons parecidos a uma tentativa de falar, mas aplicou-se mais em lançar sinais negativos com as mãos. Agora, demonstrava medo e olhava para a escultura em sua mão; tão acovardado estava que ele a pôs de lado, desnecessária. E sim, era possível adiantar-se mais desenvolto, insolente:

— Acha que eu sou um palhaço, é isso? Fala! — E agora, como o outro no máximo recuava até o limite bem preciso do encosto do sofá, aproximou-se o bastante para sacudir-lhe os ombros. Ele não tinha força alguma, por que resistia tão mal, por que só fazia se encolher, assustado, reagindo do modo mais desajeitado possível?

— Fala, canalha! Você vai falar ou... — Suas mãos buscaram e encontraram o pescoço dele, onde se afundaram, extraindo uns esgares e sons que teriam lhe dado medo se não estivesse tão disposto a arrancar uma confissão que o tranquilizaria — estava certo disso — para todo o sempre. Bradou o imperativo ríspido muitas vezes, os dedos se afundando na carne branca, os sons de agora nada parecidos a um sussurro. Mas as mãos do homem, crispadas, se abriram quando ele afrouxou um pouco e, com um olhar prolongado de aflição, ele como que tentou afagar seu rosto, rogando trégua. Foi então que decidiu que era preciso consumar o estrangulamento. Depois, maravilhado com as mãos, soltou um suspiro e sentou-se num sofá mais à frente, vendo a cabeça do homem tombar e sua língua pender um pouco para fora, o rosto arroxeado. Triunfo. Permaneceu ali por um tempo maior, sentindo-se um pouco dormente, vagamente satisfeito como um menino diante de um pássaro abatido a estilingue cujo olhar não se cansa de explorar o feito digno de relato.

Mas os dias seguintes só lhe trouxeram o fato de que não era coisa a ser relatada. E olhares cada vez mais insistentes para as noites e passagens de uma, duas, dez vezes pela rua da ponte olhando para a janela, ouvindo conversas miúdas para saber como o corpo fora achado e o que se dizia do crime, uma inquietação que Nilo percebia, pois lhe lançava um olhar meio reprovador quando se punha a beber demais, beber tudo que pudesse.

Uma acentuada tendência a nada dizer, sua casa tão silenciosa que até uma descarga no meio da madrugada lhe parecia virulenta, uma afronta imperdoável. Se no bar alguém lhe batia no ombro, encolhia-se e recuava de tal modo que, pálido, trêmulo, assustava quem estava apenas interessado em lhe perguntar uma banalidade.

Ia dormir tentando recompor o sussurro, muitos papéis com palavras possíveis sucessivamente rasgados, nenhuma organização dos vocábulos, nenhum esforço de memória que não esbarrasse no idioma noturno, ininteligível, e nada parecendo servir a seu caso. Sonhava que ia para lá, certeiro, onde quer que o homem estivesse enterrado, e o ressuscitava, ainda perguntando, mas tornando a resposta impossível pelo aperto do pescoço. Se ele o pronunciasse, fosse o que fosse, condenação ou desejo repugnante de homem por homem, ele estaria salvo. Mas quando o soltava para permitir que a palavra lhe viesse, já não tocava nada, o corpo era apenas névoa.

E tudo pelas ruas parecia mais quieto. E era preciso, mais que ouvir, interpretar os movimentos labiais com que o mundo lhe dirigia olhares.

Até que nenhum brado ou sussurro — de desdém ou salvação — chegou novamente a seus ouvidos.

Um gesto no escuro

para Krishnamurti
Góes dos Anjos

Esquecer Guillermo. E, na deliberação de esquecê-lo, de contornar lembranças, eu cumpri um dever paradoxal: fui a G., que não visitava desde a morte de minha mãe, para, estando lá, olhando para a casa, a calçada, a rua, captando sinais de interpretação segura, saber exatamente o que me perturbava, descansar de imaginá-lo. Ele me daria paz se eu o entendesse, se eu o fixasse bem num quadro reconhecível. Estaria finalmente situado em algum escaninho sem possibilidade de equívoco, de lutas vãs pela posse de um fiapo.

Furtivo, desemboquei na cidade, me esgueirando do claro da lua, assustado por ter chegado, por ter descido do ônibus, com vontade de novamente tomá-lo, de voltar ao lugar bem distante de G. onde eu envelhecia a salvo do passado.

Não queria entregar-me ao lugar, andava torto, de sobreaviso. Quando minha mãe morrera, eu sentira que não podia mais com a pestilência dos olhares, a persistência dos cochichos. Mas agora era um consolo que não pudesse vê-la ou a lembrasse com uma imprecisão benevolente. Que muitos amigos e conhecidos houvessem já morrido, e eu não me deparasse com eles. Temia que, sem palavra, pelo simples reconhecimento mútuo das identidades puídas, concluíssemos que, tudo de pior que suspeitávamos da vida, estivesse a essa altura totalmente confirmado. Mas filhos e netos deles talvez estivessem passando por mim, sem que eu soubesse. Na rua principal, inteiramente mudada e cheia de uma horda espessamente alheia, ninguém que me reconhecesse. Segui em frente. A certa altura, contornando uma rua onde a figueira assinalava a descida para o quarteirão escuro, a casa. Como há muito fora vendida, teria novos donos imprevisíveis. Um vulto bronco poderia estar à janela, poderia estranhar meus olhares de interesse.

No entanto, a casa estava ali, não tão drasticamente outra, mas com uma porta de garagem lateral que parecia servir para algum comércio diurno. Era ainda, em parte, o que minha mãe, entre sarcasmo e lágrima, chamava de "pensão do Guillé". Porque Guillermo, com seu portunhol sedutor, era de passagens curtas, decididamente esporádicas, vindo para vê-la muito de veneta e sumir rápido com os amigos de sinuca, dissolver-se na cidade, soltar gritos de madrugada para chamá-la, entrando bêbado e obrigando-a a longas horas de conversas e risos que mal me deixavam dormir.

A cada vez que o caminhão parava, carregado de toras de eucalipto que pareciam recém-cortadas, tão intenso o cheiro, e ele descia, eu sabia que a perderia para sua presença. Grandalhão, os olhos castanhos como que decididos a saber tudo e tudo notar, os cabelos pretos rebrilhando, o canino de ouro precioso que exibia dando sorrisos muito abertos, com um maço de Fulgor no bolso da camisa, a binga cheirando a querosene, o pavio que dava em chama exagerada, era ele, ele, que a fazia sofrer, espernear, ir à igreja e virar a menos crível das beatas quando sua ausência era persistente demais. Mas, ao voltar, lhe lambia o pescoço e cantava *"Sí, te quiero mucho/mucho/ mucho tanto como entonces/siempre hasta morir"*, e tudo resolvido.

Ela o amava mais que a qualquer santo, sua reza devia conter apelos obscenos sem disfarces. Quanto a mim, eu o via, mas o via apenas como o dono de uns olhos dúbios que se fixavam sobre alguém que lhe saíra dos bagos, mas não se parecia com sua ideia de um filho. As mãos, ele as puxava, subindo-as para os cabelos, que despenteava com um bufar de exasperação, balançando a cabeça, tapando as orelhas a uma reclamação estridente de minha mãe. Ela se punha entre ele e mim, ameaçando-o também, como se brincasse, crispando os dedos de unhas muito esmaltadas, fazendo menção de retalhar seu rosto, e precisava dissuadi-lo de me bater com a cinta ou com o que tivesse à mão arrastando-o com sussurros, com piadinhas, com empurrões delicados, para a cama.

Só um dia, aos treze anos, acho que o vi inteiro — entendi que nem era tão alto, que os cabelos não eram tão pretos e os olhos, não tão argutos; deixara de ser aquele composto de risadas, voz tonitruante, bolero de Nat King Cole, dente de ouro luzindo no breu, pernas grossas, binga de incêndio, e, por algum motivo, passara talvez duas semanas ou todo um mês conosco. Razão para que eu achasse mais difícil ficar em casa. Ia tornando-se mais concreto, seus relevos agora eram ofensivos, ofensiva a sua marcha nu pelo corredor, quando interrompia o que fazia regularmente no meio da noite e ia urinar com estrépito. Eu era só medo. *"Maldita sea la leche que te deran!"*, berrava, porque, ao xingar, nunca o fazia em português. *"Cocío, cocío"*, repetia, achando-me mole, fraco, tímido — apalpava seus bíceps e pedia inutilmente que eu o apalpasse, eu não queria saber da sinuca, não gostava das velhas canções. Não queria ouvir o que tinha a contar sobre o avô malaguenho, sobre certa viagem pelos Andes, *"naquelas alturas, você se cagaria"* — gargalhava.

Sim, era cabeça para altas nuvens e corpo para os sacrifícios mais viris. Não nos parecíamos, e a dessemelhança o esmagava.

Minha mãe tanto me protegia quanto parecia fascinada por suas gritarias, a cuspida no chão, o *"me cago en la hóstia"*. "Mãe, ele ainda me mata..."; "Não é tão bruto assim"; "Então, por quê?"; "É só bravata, só blasfêmia; a família dele sempre foi assim, barulhenta, gente que se xinga o tempo todo, mas não é maldade, é só grossura, uns bichos... Venha, me dá um abraço"; "O que quer dizer *cocío*?"; "Não pense nessas coisas, esqueça, esqueça..."

Esquecer. Sobre o muro da casa, saltou brusco um gato, e eu lembrei-me de Cigana, seu olho amarelo todo inquiridor, no colo de minha mãe. Um amor exclusivista e nervoso, tudo para a gata, à falta de Guillé, que desaparecera dessa vez por um, dois, três, finalmente quatro, cinco, seis anos. Eu quase um homem, os deveres de trabalho, de sair da cidade, os dias passando, ela junto ao rádio, quase sufocando Cigana, de apertá-la junto aos seios. Guillermo não voltaria, era coisa certa. Aliança, ele não lhe dera nem uma daquelas que vinham de brinde nos doces de venda. Dinheiro, afinal, fora poucas vezes que deixara para as nossas despesas, que ela cobria com bordados e costuras. Mas, milagre, voltou numa noite de agosto. Ela reconheceu sua chegada aos berros, trôpega, pisando em flores das quais tinha ciúme letal, bem antes de o caminhão buzinar, nenhuma sutileza, madrugada alta, ao portão. Até Cigana pareceu lançar-me um olhar, cúmplice na birra, quando ela o abraçou e ele a trouxe no colo para dentro.

Era Guillermo circulando pela casa outra vez, mas havia alguma mudança, talvez estivesse falando mais baixo e parecia magro, cansado, uns fios de cabelos brancos que, para ela, só o deixavam mais irresistível. Bebia menos, andava decididamente mais pensativo. Noites, noites em que Cigana, incansável, se punha à porta do quarto de minha mãe, arranhando, e nada da dona sair de lá. Como se para patentear uma desobediência desaforada, a gata ganhava a rua, demorava a voltar, aparecendo machucada, de manhã, quando, os dois grudados à mesa do café, minha mãe se irritava com o excessivo roçar dos pelos em suas canelas e não reclamava quando o hóspede magnífico a chutava para longe. Mais e mais eu me encolhia, me esquivava, contornava os cantos onde eles estariam, infalíveis, machucando-se, rindo, e mais me aliava a Cigana, pegando-a no meu colo.

Mas era espaço exíguo demais para que nos ignorássemos, e uma noite, ao acordar, saindo para a sala, notei-o lá, o vulto mais delgado, no sofá, com seu cigarro, sem fumá-lo. Pensei ter visto o lampejo do dente, um murmúrio em seu idioma que sempre devorava suas tentativas de ser claro em português, e eu baixei a cabeça, encaminhei-me pelo corredor ao banheiro. Gritou meu nome, parou-me. Ao virar-me, vi as mãos que se erguiam para a cabeça, para despentear os cabelos, e eu então que me preparasse, que começasse a morrer, porque a exasperação significava que agora ia, sem mãe no caminho, acabar com sua diferença. Eu só tremia, a um triz de desaparecer. Levantou-se, mas devagar. A luz da rua era pouca para a sala, mas tudo era mais do que óbvio quando ergueu as mãos, aproximando-as, balançando-as enfaticamente e depois, menos tenso, soltou-as, baixou-as sobre as coxas, incerto. Olhou-as, como se estivesse surpreso com o que lhe ia pela cabeça. Elas continham um pensamento, um pensamento que hesitava. Protegi meu pescoço, com minhas mãos ínfimas, de um estrangulamento silencioso. Mas não houve nada senão ele sentar-se, balançando a cabeça, e de novo ficar no sofá, o cigarro apagado, um suspiro. Estava — o que teria me intrigado mais se eu sentisse menos medo — triste. Consegui, ainda quase sem sentir minhas pernas, avançar um tanto mais pelo corredor, sem olhar para trás.

Nunca pudéramos ter certeza nenhuma de quando iria ou viria, eu e ela, e por que teríamos de ele estar vivo ou morto? Porque alguma montanha, floresta, rio ou cidade muito distante o tragou, não se viu mais o caminhão, os amigos de sinuca o declararam lenda, G. o decretou mais um calhorda que estava melhor bem longe, em pé ou comido por urubus. Foram ainda mais três homens os que passaram por ela — e, se bem que tivessem olhos castanhos e cabelos pretos, e fossem muito robustos, e falassem alto, e a esmagassem com o charme predador e soubessem até alguns boleros, não eram Guillé. Eu estava já muito longe, tão longe quanto ele conseguira ficar de nós talvez, quando um telefone soou na noite e, ainda um menino sobressaltado com os ruídos abruptos de certas madrugadas, recebi a notícia. Cheguei para vê-la no caixão, velada pelo que restava dos tios e por alguns curiosos que, em maioria, nunca a tinham achado senão debochada.

Agora, a casa. Não entro, não posso entrar, e não quereria, se pudesse. O gato que acabou de deslizar do muro para um saco preto entreaberto, numa esquina de terreno baldio, olhou-me sem interesse. Estou aqui há tempo demais, à espera de algum sinal, já convicto da estupidez desse retorno, mas há um ônibus que volta amanhã de manhã, posso pegá-lo depois, posso ficar mais tempo. Ainda consigo ouvir passos inequivocamente masculinos e ofensivos, sinto cheiro das toras de eucalipto, confundo com um dente de ouro uma luzinha lá no fundo, o amarelo brilhante fundindo-se com o âmbar do olho incisivo de Cigana.

Um vulto. O vulto hostil que eu esperava à janela, alguém que saísse, indignado por meu interesse, aparece. E é estranho que nos fitemos por muito tempo, dois homens velhos que não se conhecem, mas se avaliam. Por que esse silêncio de tanto tempo, silêncio que gato algum ou passagem alguma de vento pela figueira consegue romper? Não seria natural que puxássemos alguma conversa, besta que fosse? Ele se move, recuando, e eu faço o mesmo, no lado de cá. Uma desistência tácita. Vejo as mãos, longas, brancas, destacando-se de uns braços cobertos pelo pijama. Com elas, em vez de fechar com força as folhas da janela, ele as puxa suavemente, e depois ouço o trinco passando com um rangido do outro lado. Nada mais.

Mãos de Guillermo. Manoplas, ele tinha, mas hoje acho que as minhas nem são menores, nem meus porres tão pequenos, nem meus amores tão estáveis, nem meus desejos menos violentos. As mãos que cresciam, cresciam, talvez estivessem se preparando não para um estrangulamento, mas para um abraço. Abraço que, natimorto, ele carregou consigo para alguma altura do Andes, ou para a fundura de uma vala anônima.

White Christmas

Tudo claro, mas ele, nesse momento, só precisava de um pouco de escuro. Gostoso, demorado. Mijar assim redondo, prateado, limpo. Puxava o zíper para cima quando, lembrando-se de que teria sido melhor dar uma olhada ao redor antes de ficar tão à vontade junto à árvore, viu que alguém o vira — talvez fosse uma velha, uma cara branca, hostil, rápida — e fechara uma janela. Acima dessa, uma guirlanda verde e vermelha estava cheia de grandes tufos de algodão. No pequeno jardim solidamente protegido por grades, duas renas douradas e o trenó de Papai Noel, mas sem o próprio: quem segurava as rédeas era uma espécie de anão, um trabalho em gesso indesculpavelmente malfeito, e, planejado para ser jocoso, o rosto dera em feio, com hostilidade obtusa.

Mistura dos símbolos usuais com outros inesperados na grama — que ideia era essa de juntar sapos, patos, dinossauros de brinquedo, pequenas criaturas de plástico dessas das lojas de 1,99 e iluminar tudo, tantas minúsculas lâmpadas no chão, nos arbustos, nas árvores? O rosto da velha, que vira de relance, parecera menos real que os artefatos postos ali, sem gosto ou direção, mas sentia-se meio ameaçado.

Não podia cancelar o que fizera, a mancha no tronco, o líquido escorrendo pela calçada, mas ia se envergonhar do prazer? São gestos tão triviais agora, tantos se desapertando em lugares até mais públicos que esse, e o próximo mictório público era longe, mais no centro; entrar num boteco e usar um vaso qualquer exigia que tivesse algum dinheiro para disfarçar, comprar um refrigerante, uma besteira qualquer. Irremediável, tinha de seguir andando. Haveria um ônibus para apanhar — ah, chegar em casa! — a mais ou menos dois quilômetros dali.

Obrigou-se a prestar atenção à janela para ver se a mulher voltava. Não. Assoviou. Não seria preciso ficar preocupado com isso. No entanto, como não vira? — lá, por uma entrada muito estreita, ladeada por muros e árvores, onde nem se poderia imaginar um beco, saindo como que por trás da casa da mulher, havia um carro. Os faróis lhe pegavam, ele estava dentro do facho, passo por passo, e era bom que assoviasse mais, que enfiasse as mãos nos bolsos, que fosse, sem aflição, sem dar pinta — de quê? não era culpado de nada — andando mais depressa, depressa.

Porque era uma viatura, e ele se voltou para conferir os cinzas, os vermelhos, duas sombras bem definidas lá dentro, uma ao volante, outra meio abaixada. Calma, rapaz, logo ali eles viram, pegam outro caminho, se esquecem de você — que diabo, não fiz nada, é só não mostrar muito nervosismo.

Nesses passos, mais para pulos — sentia-se trêmulo, impelido por uma espécie de advertência menos confiante que seu autocontrole —, já alcançara uma rua onde havia mais gente, a atenção da viatura se dispersaria, ele não precisaria preocupar-se mais. Precisava mostrar interesse por outra coisa, mas qual! — bares fechados. E nem era tanta a gente que se via — apenas dois tipos que passavam sem nenhum sinal de diferença, um terceiro que ria para um quarto, alguém que juntava com os pés uns sacos pretos, chutando os cães que disputavam o lixo — grãos de arroz, legumes e outras coisas indefiníveis espalhadas.

Quis tanto ser essas outras pessoas, dissolver-se em coisa, afundar-se num canto invisível, ser nada! Porque, claro, a viatura o escolhera, ele ouvia o seu ruído macio logo nos calcanhares, sem atrever-se a olhar. Notavam que ele se apressava, que tinha medo? Filhos da puta, bem os conhecia, sabia as histórias todas — ficam tranquilos quando designam uma presa, adoram dar uns tiros porque "o elemento desacatou, o elemento reagiu pra ordem de prisão, o jeito foi meter bala" e, em muitos casos, o desacato é só o infeliz estar ali, cagando-se, pedindo pelo amor de Deus uma piedade já fora de cogitação. Quanto mais pena se pede, mais os filhos da puta se excitam.

Não tinha saída. Mas tinha os documentos — apalpava-os bem no bolso da calça — e trabalhava não muito longe dali. Parar num orelhão, bom pretexto para que tirassem os olhos de cima dele — fazer o que seu nervosismo pedia, impunha: ligar para Dorinha, perguntar do menino. Não havia orelhão nenhum à vista. Ser, ser outra pessoa, estar urgentemente em outro lugar! Não ficar. Não fugir. Não existir.

Paco e Nicolau tinham parado no Bar da Milá para sentirem seu poder diante da falta de graça, sentirem a mudez e as adulações nervosas que a entrada dos dois causaria. Vinham de várias voltas pelo bairro, monótonas — havia no ar, parecia, uma decisão surda, irritante, de não acontecer nada de ameaçador com a proximidade das Festas, todo mundo cordial, falsidade untuosa a desses dias —, e várias vezes Paco se enfezara ao informar a central, pelo rádio, dessa falta de excitação. No bar, teriam a cerveja certa e gratuita de Milá, ela fazia um sinal para que a seguissem, e, lá nos fundos, no meio de latas de conserva, vidros de maionese, caixotes, fazia uma chupetinha para ambos, alternando-se entre as pernas grossas, bélicas, não reclamando se lhe puxassem os cabelos, forçassem, fizessem-na engasgar com os dois paus enfiados um após outro sem tempo para que respirasse, e rindo. "Diz que acha o máximo, que de meganha sempre parece maior. Se impressiona com a farda, as calças justas, o volume do saco e do pau, o revólver, o cassetete, as algemas. Lambe, lambe tudo, lambe o revólver, lambe até o celular", dizia Nicolau na corporação, para que os outros rissem. Paco confirmava: "Nunca vi chupadora daquele jeito. Se mulher engravidasse pela boca, aquela ia parir um batalhão"; "Acho que é mais pavor que tesão"; "Que se foda se houver diferença".

Um sujeito se aproximara deles e contara a Paco — que o ouvia como se fizesse uma imensa concessão, achando nojenta a cara de medo — de uma dada vizinha. "Reclama muito que tem vadio nessas ruas, de noite, que aqui a viatura não passa. Diz que vai escrever pro jornal, falando mal de vocês. Mora na rua de cima. É velha, sozinha."

Rumaram para a casa da mulher. A visita os recompensara: ela pareceu gostar muito deles, a lembrança de um policial bonito que a quisera quando moça devia estar na sua memória; perguntou de esposas, filhos, trouxe-lhes roscas, chá, cortou um panetone, um pedaço de chester, deu-lhes balas de coco embrulhadas em papel de seda branco. Cantarolava, acompanhando com palavras sem sentido uma versão instrumental de "White Christmas", a casa cheia de quinquilharias saudosistas, levara-os para a mesa da cozinha, falava muito, fatigava-os. Circulando pela casa, chamara-os, aflita, à janela, em dado momento. Olharam para o que ela via. Sem pudor, vertendo na árvore, um vagabundo. "Olha o exibido!". "Pouca vergonha!", falaram entre si, baixinho, piscaram-se, e foram despedindo-se da tagarela com doces na boca: "dona, a senhora está coberta de razão, a gente agradece, chame sempre que precisar".

— Levem mais balas. Para as suas senhoras, pros filhinhos. Agora, era só irem devagar, tempo de sobra para que o infrator não se mexesse, não esboçasse reação dentro do foco dos faróis. Nicolau sentia certo arrepio quando Paco lançava dado olhar inconfundível sobre figuras masculinas das ruas, da noite, mas aderia — com o parceiro, a conivência era a única coisa sensata a adotar. Tremia um pouco ao volante, mas sorria, via-o ao lado piscando, piscando — tinha isso de disparar a piscar, de vez em quando, e a coçar os bagos, com tal desespero que era como se tivesse chatos. Algo no homem doía, instigava, apertava, ardia, ele grunhia umas frases de tesão, de raiva. "Tô precisando extravasar, extravasar", repetia. Bem ali na frente dos dois, sem mudar de lado de calçada, o perseguido não arriscava olhares para trás. Paco apertava o queixo, gemia, como se quisesse arrancá-lo da cara. Nicolau o observava, inquieto. Não ousava contrariá-lo, nunca ousaria.

Daria um jeito de sumir de vista, agora que entrara numa zona com mais gente. Passara por ele uma figura baixa, uma mulher nervosa e apressada que murmurava um Pai-Nosso, e ele lembrou-se imediatamente do patrão, que, interrompendo a atividade da oficina, pedira aos empregados para se darem as mãos e, olhos fechados, dizer a oração. Coro de vozes grossas, de sujeitos que se envergonhavam — "porra, homem de mão dada?" — e faziam esforço para não rir. Nesse ano, o patrão se adoçara além da conta, e era impossível saber o que era pior nele: a frieza de sempre ou esses surtos de sentimentalismo, quando chorava muito e não parava de falar de Deus. "A gente que se cuide: vai baixar o salário, vai ter demissão em janeiro", alguém sussurrava ao lado dele, em meio à reza. "Quando ele fala de Deus, espere merda."

Depois, tinham recebido o que era chamado de "cesta", mas não passava de um caixote de papelão de supermercado, em que pouca coisa fora do trivial se destacava — uma lata de certo doce, um vidro de champignons (muita gente achara insólito, com aversão, e jogara fora — comer "casinha de sapo"?) — acompanhado por um cartão com árvore prateada em relevo, boa para o tato, encanto certo para Dorinha. Deixara o seu lá, para apanhar no dia seguinte. Ela gostaria, o menino procuraria a goiabada, se entupiria de maionese, dedos enfiados em tudo, pelo que ia levar uns tabefes.

Tinha de se diluir nesses passantes apressados, com compras, pacotes, pouca ou nenhuma vontade de pedir desculpa ao esbarrar. Nunca lhe parecera tão bom, tão urgente, chegar ao ponto de ônibus, encontrar a sua linha, enfiar-se no meio daquela gente toda, entre os cheiros de suor, de roupa batida — jogando-se como quem se atira em buraco, cegamente, esperando chão macio ao cair.

Correu, disfarçou-se, acreditou-se bem mimetizado, suspirou, mas lá pelo meio, entre cabeças, entre ombros, apontando nas brechas de caras sorridentes ou carrancudas, a viatura ainda avançava, atenta, vendo parte do que ele fazia, marcando. Aturdido, eis a vitrine toda em branco, branco, branco, neve de isopor, muita neve, um pinheiro de bolas prateadas, o branco que atordoa, que torna tudo pacífico, liso, lívido, as pombas, o coral da Prefeitura, inúmeras as lâmpadas, uma árvore muito alta de plástico coberta de instrumentos musicais dourados, anjinhos pendurados nas fachadas, carneirinhos com fitas douradas, "que pressa é essa, vagabundo, desgraçado?", essas casinhas que só em Blumenau e Holambra, esse país louro, polaco, holandês, italiano, alemão, os brilhos no alto, formigueiro dourado, portas de lojas, carrinhos de pipoca, cantores de rua estendendo chapéus e bonés, "Mary, Mary, Mary Cristo/Cristo, Cristo, Cristo Mary", vozes afinadas, cada ínfimo pedaço de rosto, cada sorriso, cada roupa, cada cara de criança, o brinquedo que voa, o brinquedo que metralha, o brinquedo que com tudo concorda, tanta felicidade blindada, tantos.

Precisava parar com o jorro louco da corrida, parou. Não via ninguém. Tinha enveredado por uns simulacros de calçadão, vedados a carros, e a viatura, se por ali, estivesse, estaria nas outras ruas, lá longe, do outro lado, sem poder vê-lo. Suspirou. Sentou-se num banco, afrouxou os tênis, queria sentir um pouco os pés, respirou, respirou fundo muitas vezes. Estava diante de uma galeria.

Ouviu uma música que lhe vinha da infância, "anoiteceu, o sino gemeu...", e isso lhe deu vontade de entrar. Entrou. Podia olhar vitrines, pensar em alguma coisa para o filho — era uma trégua, nada de viatura, deviam ter se esquecido dele, graças aos céus. Avançava lento, num corredor onde havia pouca gente, caras que paravam para olhar, refletir e seguir em frente — nada de comprar. Entrou no que parecia uma praça, bolas vermelhas e verdes em cada canto, e ali, num barzinho, quieto, amuado, um sujeito passava desinfetante num balcão, e um Papai Noel dos de loja, de barba tirada, amarfanhada no bolso como uma bola de algodão disforme, bebia um copo do que talvez fosse caipirinha.

Ao vê-lo, ambos se enrijeceram, alertas. Que é que viam? Viam atrás dele, lá na entrada de onde viera, longe, a farda cinza, de tarjas vermelhas, o boné preto, as pernas fortes abertas. Ele olhou para o lado da saída. Era boca para uma rua com transeuntes, para uma iluminação que ameaçava. Deu alguns passos. Conseguiu correr, tinha de entrar na luz da rua, arriscar a exposição que fosse. Olhou para trás, e viu que o Papai Noel o apontava para o meganha, rindo, e que este compreendia, agradecia a indicação. O homem do balcão ria também. Na pasmaceira, delicioso torcer pelo mocinho, ver sem pagar a agonia minuciosa do bandido.

Foi pisar a calçada e retornar ao foco, a viatura ali, o outro soldado esperando por ele. Correu, correu mais. Cego, precisaria entrar, entrar em algum lugar, enquanto lá atrás, deviam estar acompanhando tudo, prevendo tudo, esperando, esperando, rindo.

Era ali que podia entrar, mas nem entrou, jogou-se, e a perna lhe doeu, uma fisgada no joelho, "mau jeito, mau jeito, eu me acomodo". Pisava em chão de obra, tropeçava em brita, baldes e cacos de tijolos, via lances de andaimes, escadas, leu a propaganda, um novo projeto de shopping. Possível esconder-se nesses pilares incipientes, parar, respirar, pelo amor de Deus, "nos dai hoje e perdoai".

Escuro, escuro propício, sentou-se. Longe, lá pelo alto, uma grande luz branca, como que animada por muitos ruídos de rua, carros, vozes, gritos de propaganda, música — ai de mim, a infalível martelada cínica da harpa de Luis Bordon entrava, errática, pelos vazios entre as partes construídas. Estava, seguramente, longe da rua. Estava onde? Não que importasse. Tinha um cansaço fora de medida, nunca sentira nada como isso, não contaria com as pernas nos próximos momentos, não podia contar com mais nada, "nos dai hoje e perdoai".

Dormia? Tinha saído muito tarde da firma, por exigência do grupo da "confraternização", e agora, passaria de meia-noite? Nada, nada a não ser a luz lá em cima, de vez em quando aquela harpa, a vontade de não ouvir nada e de estar junto ao corpo quente de Dorinha, a salvo. Percebeu, de súbito, o rijo do pau, e riu. A seguir, lembrando-se, preocupado, da parada junto à árvore, deu um tapa para que afrouxasse, não era divertido, "acho que foi você que me botou nesta fria". A vigília cedia, escorria para uma zona de moleza, de anulação. Um sobressalto quando sentiu — o instinto de proteção territorial fazendo nota pontiaguda no difuso da sua lassidão — que não estava sozinho.

Vozes, duas vozes, alguns murmúrios mais pronunciados, e, quando enxergou um pouco melhor, estava estendido — dormira demais, por bem acomodado — e olhava para o alto, para muito alto, onde um rosto fixo o avaliava. Esse rosto, seguido por um corpo imenso, em roupa cinzenta, aqui e ali um distintivo, um botão, um lampejo de metal, de coisa laqueada, não tinha expressão.

Pensou em se mexer, e aí sentiu que havia uma bota em sua garganta, que, a qualquer reação sua, a pisada seria mais funda, para arrebentar. Devagar, o braço da figura orgulhosa se abaixou para apalpar a calça, abriu a braguilha, e ele sentiu que um líquido muito quente e ardido lhe descia pela testa, escorria por seus olhos, nariz, boca. Isso durou muito tempo, como se a intenção do homem, anormalmente elástico de onde o olhava, a cabeça lá no alto, na ponta, fosse a de afogá-lo. Depois, ouviu que um gatilho se armava. Uma voz: "Porra, Paco, já deu, já extravasou, não exagera! Vamos embora". Não houve resposta. Veio o estampido.

"Merda, merda", Nicolau grunhia, mas era mais pensamento que palavra, crispando as mãos ao volante, pensando em certas histórias da corregedoria, de processos internos, certos jornalistas que não davam descanso para a corporação, e que fazer quando se pega um companheiro desses? "Merda, merda", ia grunhindo a seu modo, sorrindo forjado quando o outro lhe sorria, dirigindo a viatura por ruas menos movimentadas, agora.

Paco ia satisfeito, assoviando, como paródia, com exagero, a musiquinha natalina que passara numa caminhonete cheia de brinquedos, de gente gritando. Vez em quando, uma expressão meio beatífica lhe apontava nos lábios grossos, ele parecia lembrar-se, iluminar-se com algo que lhe agradava, que achava ter feito particularmente bem. Não, nada de bronca, era preciso ficar quieto, eles estavam dentro da ordem, a ronda fora cumprida, era um companheiro decente, "vamos seguir trabalhando normalmente, compadre, normalmente". Sem remorso, sem remorso, tudo fora muito correto.

Porque, vamos ser honestos, como saber quais teriam sido as intenções do tipo ao se encostar na árvore, perto da casa da velha, naquela rua? Mijar só é que não era. Tinha medo, agia de modo que a gente tinha de desconfiar e disparara a correr de modo muito suspeito.

Além do mais, era preto.

Bilico, Oceano e Graveto

para Lohanna Machado

Bilico e Oceano viraram-se para o lado de fora e viram um trecho de asfalto onde havia uma cadeira de só três pernas jogada de ponta-cabeça, uma flâmula rasgada do Fonte Limpa Futebol Clube a esvoaçar aqui e ali, o claro da lua inteira e a passagem rápida de uma coisa minúscula que poderia ser um rato, mas nada de Graveto.

Ele dissera: "Vou esta noite. Depois da chuva das dez". Tinham se distraído, o bar estava cheio para uma quarta-feira, sujeitos que se refugiavam, conversavam pouco, demoravam a se soltar, e a chuva passara. Em outras vezes, a partida se daria sob outros sinais, sob dados sortilégios: "Fujo quando o Claudionor der risada"; "quando der pitanga num pé que tem lá em casa"; "quando a borboletinha da lâmpada descer e pousar aqui nesta garrafa".

Para não se mostrar perturbado, para não atrair caras tristes, disparava a dizer coisas cômicas, que, no fundo, não pareciam nada senão um acordo superficial com o pacto silencioso de hilaridade, de desprezo às convenções, que reinava entre eles. E havia um tom de autodesprezo, de desespero quanto à possibilidade de as coisas fazerem sentido, de serem minimamente justas e lógicas, naquela voz meio sumida. Era como se precisasse fustigar-se, ferir-se. E rir de si mesmo. Mas os olhos não sorriam — por vezes, pareciam amedrontados. No que andava pensando? No risco dessa fuga? Não era uma coisa que quisesse fazer — ou queria, mas só por uma metade, a outra estava com eles, era natural e lisonjeiro que pensassem assim.

Para terem certeza, pegaram a rua de casas esparsas, a intervalos marcados por terrenos baldios de muros precários, as inúmeras placas de "vende-se", um prédio de dois andares ainda em construção, por trás a linha de árvores, de incertas escuridões. Era dar uma volta por dois quarteirões que pareciam ainda mais desabitados, descer um trecho de terra batida, avistar o portão de gradis, a pitangueira ao lado, uma lâmpada de 40 watts ali na frente, num arremedo de varanda.

Bastava olhar pela janela, ali o quarto, ali o parapeito onde conversavam, por vezes acordavam-no com uma, duas pedras e gritos. Ele se mexia na pequena cama, xingando, resmungando. Ia lavar o rosto e vinha à janela, esfregando os olhos. Demorava a acordar, mas, assim que o conseguia, ria muito. E saía para abraçá-los, para levar de Bilico, dado a se embaraçar demais com gestos afetuosos, um pontapé gozador na traseira.

A lâmpada estava acesa, mas ninguém respondeu. Deram uma volta, e nada no pedaço exíguo que passava por quintal. Balançaram as cabeças, Bilico intrigado, mas Oceano, como se quisesse constatar no horizonte a conclusão de um raciocínio, olhava para longe. Parecia entender. O que não o impedia de ficar um tanto triste também.

Ficar sem Graveto seria duro. Olharam-se, mudos, e era como se estivessem à espera de encontrar o amigo um no olho do outro, em vão. Voltaram para o bar.

Quando aparecera, Graveto era, acima de tudo, incomum — porque não escondia que era forasteiro, que vagueava cidades afora havia uns bons dez anos com o violão, os escritos, uns projetos a realizar sempre em outra parte — e logo os preferira aos outros frequentadores, de cuja receptividade parecia não poder alimentar qualquer esperança. Acomodara-se à infalível mesa dos dois, mais aos fundos, sob um velho retrato de família de Deolindo, ou simplesmente "Dió", o dono. Sua presença foi registrada com certo interesse insondável só por Claudionor, que, mudo, sempre hostil, engolia seu copo de Campari lentamente na mesa ao lado.

A conversa ia de mulheres a um último quadro de Oceano quando ele se aproximou. Muito magro, baixo, de um louro-claro, quase prata, embora os cabelos fossem ralos, tinha olhos muito vivos, alertas, ariscos, sugerindo um perseguido que não estivesse tranquilo em lugar algum ou um pobre diabo de vida interior intensa e imaginativa demais para o pouco que acontecia ao seu redor. "Que é que vocês fazem por aqui? Enchem a cara? É só?"; "E tem alternativa, carcamano?" — respondeu-lhe, agastado, o Bilico, que de cara o achara com jeito de italiano e se enganara: era mescla de pai alemão e mãe portuguesa, coisa que esclareceu mansamente, nada de brigas, engrossando tão já? Oceano foi mais acolhedor e lhe estendeu a cerveja. Ele se desarmou um pouco, disse o nome, o sobrenome estrangeiro e empolado, e facilitou: "Me chamam de 'Graveto'. O motivo, só olhar" — baixou os olhos para as próprias coxas, exibiu o cotovelo, fez como que um chacoalhar de ossos, brincando. Bebeu um pouco do copo de Oceano e disse: "Volto já".

E reapareceu mesmo, em pouco tempo, com o violão. Devia morar perto. Bilico mantinha a cara contrariada, desconfiando dessa presteza. Oceano o olhava, interessado.

— Esta aqui, das mais antigas... Favorita de minha irmã. — E começou a cantar "Here, There and Everywhere", imitando os

Beatles. Vinha com repertório nacional e internacional de que sabiam pouco, caprichava num inglês que parecia muito correto, nada comparável ao daqueles cantores dos conjuntos locais, que eram peritos num idioma estranho, calcado em sons na melhor hipótese bem imitados, bons para os bailinhos do clube Dez de Maio, que Bilico chamava de *balanga-saco* ou *engoma-cueca*. Vezes sem conta, nos anos 70 e depois — porque todos os repertórios eram bem limitados e repetitivos, os músicos não queriam aprender tantas novidades e nem precisavam, já que o público só queria confirmações — ouvira o que era anunciado como "A Whiter Shade of Pale" ser cantado naquilo que, embora soubesse pouquíssimo inglês, sentia que era uma onomatopeia, um dialeto de lugar nenhum.

Por fim, compunham um trio, que ora ia abraçado, ora se soltava, tropeçando. Foram ter primeiro ao portão da casa de Bilico, desiludido demais com o fim da política para não beber em excesso e ir caindo pelas ruas, maldizendo postes e pedras, achando o céu um desperdício, esganiçando *luaaa/manda a tua luz prateada*, que ele perseguia com o violão, gozador, enquanto Oceano, menos afetado, mas sempre rindo e errando a letra, fazia coro. A casa seguinte, não muito distante, era a dele, e quis que o novato entrasse para ver-lhe os quadros: "Outro dia, obrigado", ele respondeu, fazendo um sinal de despedida e tomando a rua, cantando *I've been followed by the moonshadow...*

Os outros dias, tanto na casa de Oceano quanto no bar, viriam.

Eram dias muito parecidos entre si, embora a cada um deles se emprestasse uma esperança renovada, infrutífera, de vida melhor. Invariavelmente, eles se encontravam no bar, o único do pequeno bairro que se formara, entre ruas de terra batida, poucas de asfalto e umas promessas de casas mais decentes e prédios de comércio que se lançavam, esqueléticos, sob a lua.

Fora batizado de Bar da Curva pela topografia — ali na frente havia a curva mais ou menos fechada na qual alguns ases em seus carros já tinham se arrebentado, a sangueira valendo como atração para os fregueses, que iam ver, com os copos na mão, corpos mutilados antes que a polícia os cobrisse; os detalhes de cada trombada ou batida virando assunto de conversa nas mesas e no bilhar a semana toda. Uma mulher aparecia para conversar com "Dió", eles não pareciam exatamente casados, e ele a despachava depressa, para que não flertasse com os fregueses — era impossível conter os olhares que ela lançava, avaliadora, com as sobrancelhas muito pintadas de preto, sobre os espécimes masculinos ao redor, e se percebia que "Dió" pretendia despachá-la por essa razão de um modo muito patente, e o olhar do ciumento nervoso a divertia e excitava, ela insistia em ficar, para contrariá-lo, e passar por algumas mesas. Impossível que não tivesse dormido com um ou vários daqueles sonsos, o lugar passou a ser conhecido como "Chifre de Ouro", nome que se sussurrava longe dos ouvidos de "Dió".

Graveto começou a levar para ali o violão e o caderno, atendendo a pedidos, mas sem muito ânimo, embora pago com bebida, preferindo cantar o que quisesse e angariando algumas antipatias. "Dió", que tudo, exceto calotes, parecia tolerar, era dono de ouvidos totalmente alheios a qualquer música. Mas não alheio aos cicios. "Xiu... você falou da Jussara meio alto", dizia Oceano a Bilico, que não se conformava com que ela, a mais fácil das fáceis, não o olhasse. Uma coceira nas partes o atormentava quando a loura desfrutável do proprietário passava, e ele gostaria que sua mão cravada na braguilha exercesse alguma mágica de atração, no mínimo.

— Bilico é azarado com mulher — disse Oceano, quando o amigo saía mais uma vez para ir ao mictório, e Graveto, não mui-

to interessado, parecia um pouco intrigado com a expressão de malogro invencível com que a mulher o deixara.
— Azarado por culpa dele mesmo. Cismou que tem que ter só uma. A "Terceira".
— Que diacho é isso?
— A "terceira maior fortuna da cidade". Isso aqui é terra dos três Bs, Bertoni e Begale, e da família dela, os Benvenutti, que dizem que também têm dinheiro. Não muito, e o que têm, dilapidam. Mas um dia, numa sala de aula, ela se levantou, toda metida, no meio de uma discussão sobre gente importante, pra dizer que a família dela era isso, *a terceira maior fortuna da cidade*. E o apelido pegou, coitada. — Não escondia um risinho. — Mas eu que diga "Terceira"! Bilico fica puto dentro da roupa. Chama-a de Cordélia, todas as letras, não permite ofensa. Uma deusa, para ele. Morre por ela, come um tacho...
— É triste.
— Ela não merece esse cara, pode crer. Xiu, tá voltando...

Bilico nunca tocava no nome de Cordélia, como se o bar já fosse um fator de conspurcação à aura de sagrado que ele carregava — se o pronunciasse ali, o exporia às moscas, aos olhares daqueles tipos, ao fedor do banheiro. Por isso parecia apaixonado era por outras coisas, pouco ia além dos casos da política municipal, de comentários sobre os livros que acabara de ler, a mania de Lima Barreto e João Antonio e os escritos pessoais que arriscava — havia publicado alguns artigos fortes num dos dois semanários, arranjara inimigos e ameaças, e sua candidatura a vereador, pelo único pequeno partido de esquerda que surgira na cidade, fora um fiasco de cento e poucos votos — dos filiados que pudera arrastar e de alguns anônimos que iam a seus comícios para ver um lunático que tinha a temeridade de atacar os Bertoni e os Begale — os Benvenutti não sendo tão ricos — brandindo vergonhas e verdades que eram amplamente sabidas e sentidas, mas ninguém dizia em público. Por isso também arranjara admiradores entre gente de uma classe média ofendida e cabisbaixa, que, claro, não confessaria nunca a sua admiração a não ser à boca bem pequena, mas que ficava impressionada com a sua veemência, a sua eloquência e a sua fluência de orador, prognosticando a ele um futuro na política. Se não levasse um tiro certeiro e anônimo antes de mais nada. O que, aliás, achariam mais empolgante.

Conseguira uns aliados esparsos, tipos drogados e bêbados que regularmente apanhavam da polícia, prostitutas, gente que o afundava mais na discriminação que sempre sofrera por causa da cor de mestiço e do cabelo pixaim, do sobrenome, maldito por um dos tios haver estuprado e afogado uma menina num poço. O nariz já empinado da "Terceira" certamente se ergueria ainda mais se soubesse a devoção que um sujeito daqueles tinha por ela.

— O jeito é nunca desanimar — Oceano dizia, rindo. Não resistia — e este era seu mais grave defeito — a se divertir com uma desgraça de amigo, se essa não lhe parecesse absolutamente desgraçada; queria talvez, pela hilaridade, desvelar o absurdo da situação para o próprio Bilico, relativizar a importância terrível que este atribuía ao caso.

Com o fracasso da candidatura, a esperança dele agora era poder acabar o que chamava de um "romance definitivo sobre a cidade", que estava escrevendo havia anos e queria, publicando, dedicar a Cordélia, para constrangê-la publicamente, para que o notasse. Outro sonho era ir à capital ver um velho intelectual com quem se correspondia (sempre os olhos ansiosos quando falava em passar pelo prédio do Correio do centro) e que o estimulara a fundar o partido ali. Tinha os livros do homem, adorados, muito relidos, citados a todo momento, e achava que, indo para lá, vendo de perto e ouvindo seu oráculo, algo de redentor lhe aconteceria.

Jussara passava outra vez pela mesa, quase roçando a saia, em altura nevrálgica, pelos cabelos dele, que parecia ficar meio aturdido com o perfume, dos mais baratos. Demorava a se dar conta da expressão de gozação de Oceano e, quanto aos olhares que este começara a trocar com Graveto, não poderia saber nada. Bebia. Chamava a atenção dos dois para o mudo Claudionor, sempre que queria consolar-se com o modelo de fracasso que, a seu ver o homem era — ele estava ali com seu Campari, perpétuo, sem olhar para ninguém. Tudo que Graveto pudera tocar, dos rocks a alguns sambas antigos, jamais parecera despertá-lo daquele alheamento. Nem os olhos, meio fixos numa espécie de rancor inerte, pareciam se mexer muito. "Aquilo nunca pisca", impressionava-se Oceano.

Graveto, convidado, não hesitara em ir à casa de Oceano. Na sala havia um colchão um tanto estripado, uma televisão, uma cristaleira antiga, e nas paredes via-se quatro, cinco telas, não muito grandes. E alguns desenhos. Os dedos da mão grande e calejada de Oceano apontavam este — "Copiei dali de perto da represa, tem uns eucaliptos bonitos e umas árvores que ficam daquele castanho, daquele alaranjado, do ocre, do terra de Siena, de Inverno europeu" — e aquele — "... essa foi aí uma mulher que morou aqui perto, a Maria Fi-figura, é este nome mesmo, era Maria Figura, mas gaguejava quando se apresentava, o pessoal ria, ficou *Fi-figura*, carregava uma bonequinha, dizia que era apaixonada pelo dono da venda, o Lancelote, mas o sujeito, todo mundo sabia, menos ela, era veado, e pedia que ela repetisse que era apaixonada por ele só pra rir. Maldade, sabe? Porque era a própria inocência... Vinha aqui, minha mãe lhe dava um prato de arroz e feijão, de vez em quando".

Calava-se, ia para um quadro bastante diferente, mais para alegórico, em que um homem de marrom, talvez um monge, visto de costas, olhava para uma janela aberta onde pousava um pássaro indefinido. "Esse aí não sei bem o que é. Acho que me lembrava daquela cena do 'Irmão Sol, Irmã Lua', em que São Francisco acorda um dia depois de muito tempo de cama devido à doença, e tem aquele pardalzinho maravilhoso na janela do seu quarto, lá no alto... Você viu o filme? Bilico achou uma pieguice, pra variar."

Depois, contava a história de Mané Gira, outro retratado, um preto que trabalhara seis décadas da vida para um fazendeiro que, ao morrer, o deixara sozinho num pardieiro de colono, e a família do patrão morto não vira por que mantê-lo lá, despachando-o para a vida das cidades, lavando as mãos. Era inarticulado, só sabia rir, falar um pouco aos soquinhos, e acabara esquecido ali, no bairro nascente, numa ruazinha curta, nos fundos da casa de alguém pouco menos pobre que ele. Havia anos era dono de um inchaço misterioso, e, morto anunciado, certo número de moradores vizinhos ia visitá-lo, alguns por compaixão, outros para ver agonizando alguém que não era eles. "Fiz a obrigação, tinha um dó danado do Gira... Não vou esquecer a cara dele quando perguntei se queria alguma coisa antes de bater as botas, e o que ele me disse? *Mané qué pastel*... Revirei dois bairros, achei uma mulher que vendia pastel de cesta. Levei lá. Deu tempo." E essa era a razão de um Mané Gira feliz no retrato, com um pastel gotejando óleo e de um amarelo muito vivo, sugerindo plena suculência, na mão.

"Esse é um quadro que não vou vender", dizia, mas por orgulho, porque, caso houvesse interesse, ele venderia, afoitamente, por necessidade, e depois tentaria refazê-lo, dizendo que a segunda versão era superior e a primeira ia frustrar o filho da puta que a havia comprado. Dinheiro, dinheiro, tinha que continuar, precisava de mais telas, tintas, tempo. Havia o trabalho de pedreiro e pintor de paredes, que era com o qual se sustentava de fato. Mas punha fé em tornar-se um dia capaz de viver só de seus quadros.

Todos eram assinados com *Oceano*, nada de usar o nome verdadeiro, Osório, que o envergonhava. Na escola, no primário, apaixonara-se por uma gravura de Netuno, a palavra Oceano inscrita em letras maiúsculas azul-marinho num livro — "não é bonita, não parece que ondula, que é mesmo transbordante, funda, sem limites?" — e começara a se denominar assim, não permitindo que se o chamasse pelo nome de batismo. O primeiro quadro pintado fora o de um mar agitado, copiado de uma reprodução impressa numa folhinha — a noite marítima em verdes e azuis-escuros, um barco minúsculo a quase afundar, "aquilo me dava até enjoo". Mas nunca vira o mar de perto. "Se vir, rapaz, acho que vai me dar uma coisa. Vou abrir os braços pra ele, desmaiar."

— Um dia te mostro, se quiser. A gente desce a serra juntos.
— Promete?

Mas Graveto calou-se. Era melhor não prometer nada.

Oceano o conduziu a um quarto minúsculo, onde apontou uma mulher, que não parecia vê-los nem os ouvir, sobre a cama, com um rosário nas mãos, absorta. "Essa é minha mãe, a Dona Gema", disse, rindo, com aquele vezo de defender-se do que o atormentava com a disposição permanente a tratar as coisas como engraçadas. Nada disse, mas era patente que a mulher, que parecia ter talvez glaucoma, acometida de surdez e também de alguma forma de senilidade, olhava para o alto e murmurava suas rezas sem se dar conta de nada — "Pago uma mocinha que aceita uns trocados pequenos pra cuidar, pra ajudar".

Não havia praticamente nada a mostrar na casa, embora ele se orgulhasse de estar erguendo um novo cômodo; mostrou-lhe as paredes sem reboco, um quintal nem tão pequeno onde apontavam umas árvores frutíferas: "olha, até pé de figo tem". Depois, mais sério: "Se o aluguel apertar lá no teu canto, pode vir pra cá passar umas noites, se ajeitar. É ruim, mas rango não falta... Quando a coisa aperta, arranco umas mandiocas ali no fundo" — apontou o pequeno quintal e riu. Graveto olhava-o, comovido, e ele escondia sua perturbação por ser olhado desse modo, sorrindo, esfregando as mãos no rosto, ficando cabisbaixo.

Era consideravelmente mais alto que Bilico, os olhos de um castanho-esverdeado agudo, tinha a origem italiana que o outro supusera e criticara em seu caso e que explicava a facilidade do xingamento, que devia ser uma constante entre os dois, os cabelos castanhos crespos e abundantes, um bigode de que cuidava com capricho especial. Forte, sempre enfiado em camisetas que lhe ressaltavam os músculos e não continham por completo os pelos do tórax, parecia dotado de uma exuberância física, uma excitação, que ofuscava naturalmente, por contraste, qualquer sujeito que estivesse por perto. Graveto pensou que devia ter mulheres com facilidade, e a lembrança do colchão no chão da sala veio à sua cabeça. Mas dava a impressão de, pelo escrúpulo de homem naturalmente mais dotado, pelo desejo de mais proteger que impor, pela delicadeza talvez inerente às suas vantagens, preferir nada alardear.

Os quadros eram surpreendentes, sugeriam uma segurança de anos de prática, um refinamento progressivo. "Uma mulher que pintava paisagens daquelas de folhinhas me ensinou um pouco, aprendi a misturar óleo de linhaça e alvaiade pra fazer tinta branca, fazer massa pra tela, armação... Vendo quando dá. Teve um sujeito aí que escreveu um artigo sobre eles na cidade. Foi bom por um lado, vendi umas coisas pra uns ricos metidos, mas também atraiu desconfianças por aqui, não me perdoam isso, me acham meio fresco, bajulador de gente poderosa... Agora, já viu pobre comprar quadro? Já teve quem entrou aqui e passou merda num óleo fresco, arruinou tudo... Peguei o cara e quase o matei de porrada. Vou lá admitir uma coisa assim? Se não arrebentasse o sujeito, nunca mais ia conseguir pintar, iam perder o respeito, sabe como é."

Graveto, então, sentiu-se obrigado a olhar com cuidado para aqueles bíceps. Ele notou o olhar, fez muque de um modo caricato, rindo. Graveto, quase pedindo desculpas mudas por ser tão franzino, dedilhou alguma coisa e ele pediu que cantasse de novo a favorita de sua irmã.

— Me fale dela, por que não me fala dela? Como era? Bonita?

Graveto demorou-se num pensamento, cabisbaixo: — Bonita sim...

— Vocês se davam bem?

— Até o cara chegar...

— O cara?

— Meu cunhado. Isso faz muitos anos. *I want her everywhere/ and if she's besides me I know I need never care/but to love her is to need her everywhere...* voltou a cantar. Na sua memória, um casarão avarandado, de onde um dia fora banido.

Como a noite avançasse, eles se lembraram que, depois das dez, a qualquer momento, teriam Bilico a esperá-los no bar. Saíram, não sem antes Oceano ajeitar a mãe, como uma marionete sem vontade alguma que ele pusesse em movimento com condescendência meticulosa, cobrindo-a devagar com uma manta xadrez e beijando-a na testa, para que se estendesse na cama e dormisse — mas o tempo todo não vivia já meio dormente? "Não, vez em quando sai dessa letargia, fica muito lúcida, fala do meu pai, chora muito. Sorte que isso dura bem pouco."

Era ruim que tivesse de fazer isso, mas, como ele nada contasse sobre a sua própria origem, de seguro os dois sabendo apenas que tinha aquela irmã de cuja proximidade fora irremediavelmente banido e que morara em vários lugares, Oceano fora à sua casa sem convite, numa tarde.

Sem problemas para entrar pelos fundos, uma porta aberta, a cozinha a mais negligente possível, e nenhum ruído — encontrou-o dormindo na sala num sofá esfiapado, com molas à vista, e não quis despertá-lo; Graveto tinha isso de não gostar dos dias, o sol lhe parecendo a coisa mais prosaica e implacável — vontade de só existir à noite, à noite fundir-se, e por isso dormia muito de dia, sentindo-se vivo só quando o sol começava a cair.

Quieto, viu o quarto, os livros, as revistas e os jornais amontoados. Viu uns feixes de cartas amarrados frouxamente com barbantes, pacotes do correio que pareciam recentes. Havia algumas partituras e, mais ao alto, um mapa, preso à parede por tachinhas não muito firmes. Não havia lugar algum assinalado, mas eram estados do Sudeste, e ele podia supor que era por eles que vinha vagando, mas, onde nascera, onde estivera a maior parte da vida, onde aquela irmã?

Uma vergonha funda o impedia de verificar, prosaicamente, os endereços dos remetentes nos envelopes daquelas cartas. Não gostaria que alguém fizesse com ele a espionagem que praticava nesse momento. Depois, pegou o violão, olhou-o, nenhum nome gravado em parte alguma. Queria saber como se chamava aquela irmã, supunha-a eternizada em alguma gravação no instrumento. Limpou um cinzeiro muito cheio no chão, pelo lado da cabeceira da cama, baganas fedidas, montículos, que atirou pela janela. Olhou para fora, a pitangueira, os gradis, acendeu um cigarro e ficou olhando-o com cuidado, tocou-lhe a testa, talvez tivesse febre.

Ele o preocupava, talvez não fosse sensato deixá-lo beber tanto ao lado deles, talvez precisasse comer melhor, nunca o vira mais do que beliscando uma bobagem ou outra. Saiu devagar pela porta da cozinha, bateu o portão lá fora sem ruído algum, e pensou que não ia contar a Bilico o que concluíra de sua empreitada xereta. Na verdade, não diria nem que entrara na casa. Tivera, desde o início, fé naquele olhar, embora ele fosse mais de violão e canto que de explicações. Se não as queria dar, que fosse respeitado.

Mas ele passou a falar mais de si à medida que foi se integrando a essa nova vida, a esses dois amigos. Nada que os levasse a saber de nada com certeza, não se fazia de evasivo, era o desgosto que o tornava assim, oblíquo; sua diferença não era pose nem escolha, mas fatalidade. "Comi muita merda por aí, mas minha vida já foi muito melhor, em termos de dinheiro e conforto, pelo menos." Parecia explicar-se melhor com poemas, seus e alheios, anotados naqueles cadernos que levava sempre consigo, que lia com uma voz tão boa quanto a que tinha para cantar — por vezes, eram em inglês, talvez fossem letras de músicas, e ele os traduzia da maneira mais inteligível e coloquial possível; Bilico, entre aversivo e curioso, ouvia-os, atento, perguntando, ficando indignado, fazendo reparos e observações.

— Isso aí... leia outra vez.

Graveto repetiu:

Antes, era o riacho
e tinha um som claro,
água em meus lábios
Eu era largo, pequenino,
Eu era sino...

— É muito bom o ritmo — disse Bilico.
— Sim, o ritmo — ecoou ele, com olhar muito vago.

E ficaram se olhando mutuamente, pensando cada qual numa coisa secreta até para si mesmos, que não podiam de modo algum articular. Em Bilico, era certo que havia a admiração do prosador, que, realista, sabe-se incapaz de poesia, exceto involuntariamente. Em Graveto, a possível timidez do praticante de uma arte que se vê julgado em silêncio pelo praticante de outra.

Ao se cansarem do bar, havia pouca distância a percorrer até a cidade e seu centro, ver o que estavam cansados de ver, o que já nem era visto, mas constatado com uma espécie de resignação que os dominava, em ondas de benevolência meio estúpida depois de alguns copos. Os cigarros acabavam, e às vezes um maço, de quem tivesse dinheiro, tinha de ser compartilhado pelos três. Quando não havia outro jeito, "Dió" vendia cigarros *picados*, fazia uns fiados que cobrava depressa, com medo compreensível de perdê-los de vista.

O dinheiro de uma das noites viera de Bilico, que pela terceira vez quisera ver "Blade Runner — O Caçador de Androides" no único cinema da cidade, o Prata, que não poderia andar menos reluzente. A casa tivera, até certa altura dos 70, uma *bonbonnière*, uma bela vendedora de ingressos que ele achava parecida a Romy Schneider, cortinas de veludo bordô e poltronas da mesma cor na sala de espera forrada de cartazes, mas as paredes agora eram descascadas, as poltronas estavam sujas, esfarrapadas ou queimadas por cigarros, não se vendiam mais balas e bombons, os cartazes eram escassos, de filmes pornográficos, que a partir de algum tempo seriam a única atração.

Com o pouco público, espalharam-se pela sala de projeção nas cadeiras que podiam escolher. Bilico se extasiava e se sentia vagamente Harrison Ford à saída. Achara semelhança entre a atriz que interpretava a replicante Rachel com a sua Cordélia, de quem tinha uma fotografia, obtida Oceano não sabia de quem nem como, na parede do quarto. Era de alguma festa de formatura, onde ela sorria, muito maquiada, os cabelos num penteado parecido. Sim, uma das mechas artificiais caía em vírgulas pela têmpora esquerda, Oceano se lembrava, e na certa era isso, a cena de Rachel, linda e melancólica, desfazendo em cachinhos os cabelos, junto ao piano, a música de Vangelis, ao lado de Rick Deckard. "Não acho que se pareça muito não; a robô-pianista lá, com aquela boquinha, é linda", disse Oceano, fazendo Bilico trancar-se numa mudez que só se desfez por volta de uma hora depois, quando entraram em outro bar, e ele se pôs a beber depressa, agastado.

Oceano se aproximou, pediu desculpas, lamentável que não conseguisse resistir a fazer ironias com a musa do outro. Graveto, que se mantivera distante da conversa e dos dois, interessado em dirigir olhares para um ou outro freguês, disparou um: "Quem é essa Cordélia? Não é uma tal de "Terceira"? Os olhos pretos bem grandes de Bilico se cravaram, bélicos, sobre Oceano, que tinha feito com atraso, inutilmente, um sinal exasperado para que Graveto se calasse. O sinal se desfez comicamente sob a carranca de Bilico.

Ele se voltou, furioso, para Oceano: — *Osório, Osório...* — disse em tom de advertência grave.

— Pois é, *Abílio...* — disse Oceano, querendo parecer engraçado em sua réplica, mas sem graça, cabisbaixo, implorando em silêncio para que os seus próprios sapatos o tragassem para o fundo dos infernos. — Porra, me desculpe...

Bilico balançou a cabeça, incrédulo. Respirou fundo, como se procurasse se acalmar, e pediu mais bebida. — Meu consolo é que você não é tão bom assim com as mulheres, como acredita. — Virou-se para Graveto: — Funciona bem como um bode, sabia? Mas só mesmo com puta. Nenhuma mulher decente se interessa por ele. Bonitão, mas só pras desclassificadas...

— Não é bem assim.

— Tomar no cu, pintorzinho de merda...

Quando Oceano se precipitou sobre ele, os olhos injetados, Graveto separou-os, com cuidado, rindo, tentando enfiar outro assunto, cantar uma música em que a colaboração de ambos poderia entrar. Depois, silêncio, porque todos os olhos, até os do pouco interessado Claudionor, se voltavam para ver alguém que entrava.

Era uma mulata alta, de pernas longas, salto alto de bico fino, usando minissaia, os cabelos lisos e claros eram visivelmente uma peruca mal colocada, a boca grande pintada demais, e era terrível o contraste que aquele batom reluzente fazia com a boca aberta, quando ela falava, pois não tinha os dentes superiores.

Olhou para eles, que estavam enevoados demais para ver quem os via e dar conta objetiva do que quer que fosse, e Bilico reconheceu-a. Fez um sinal para que "Dió" lhe vendesse o que ela quisesse. "Dió" atendeu-a, indo buscar uma cerveja, mas tinha uma tão nítida aversão à presença *daquilo* que daí a pouco olhou feio para Bilico, como se o que ele tivesse lhe pedido fosse uma sujeira imperdoável, porque feria os seus princípios morais, que entravam em choque com seus interesses de comerciante, estes, naturalmente, vencendo por fim. Ela olhou para o trio, riu, escancarando a caverna contornada de vermelho-rubi e se aproximou, segurando a cerveja, que bebia pelo gargalo.

— Oi, amores...
— Oi, *Rose Kelly*. Tudo bem?
— Melhor impossível, querido... E os meninos? Esse de bigode aí, eu já vi fotografia no jornal, já vi na rua. Bem bonito, hem? Puxa, que peitoral! campeão de musculação, bem? — E desceu os olhos clínicos para onde lhe interessava, tentando adivinhar. O rosto de Bilico se contraiu um pouco. Oceano e Graveto riam à toa.
— Tem um cigarro? — Conseguiu, abaixou-se para que ele o acendesse e saiu rebolando, disse um *"merci beaucoup"* sob os olhares da meia dúzia de homens que permanecia no bar. Não era desconhecida de quatro deles, houve quem cuspisse, quem encompridasse os olhos, quem gemesse: — Esse filho da puta, acho

que nem arrebentando. Outro dia pegaram ele de dois lá perto da ponte da Farinha, o Joca e o "Sargento", porque ela... ele é forte, desgraçado, presta atenção nos músculos... e abriram as pernas. Debaixo da saia, um pau deste tamanhão, balangando! Pra quê isso, santo Deus? Quem entende um negócio desses? — um mastruço de dar inveja em muito macho, e em vez de usar, quer é o pau dos outros, quer é levar no rabo. Não é coisa pra matar um de vergonha, de raiva? Encheram de porrada, mas olha, passaram uns dias, apareceu lá no bar do Lourival Garapa rebolando pros dois, sem uma marquinha de roxo que fosse. Ou disfarçou bem com a pintura. Remédio prum lazarento desses? Só matando...

— Sei quem é, já me lembro. Anda fazendo campanha na cidade pra colocar uma ponte móvel, "perereca", como diz, *ajuda a mona aqui a botar mobília, ajuda, bem?* Minha filha teve dó e deu um dinheirinho.

— No ano passado, saiu no Carnaval naquele carro alegórico dos Begale, gozação da moçada, batizaram de *Expresso 24*, lembram? Ele lá bem na frente das letras grandes e iluminadas, sambando, pulando, cantando. Tinha outros juntos, conseguiram botar os mais famosos, Joãozinho Rodela, Peta, Pé na Cova, *Francine, A mulher que não sorri,* Dita Black... Olha só que tropa! — Bilico ouviu parte disso e olhou para Oceano e Graveto, que estavam um pouco mais despertos, mas ainda não conversavam, antes murmuravam letras de música, abraçando-se e repelindo-se, rindo.

A cor de Rose Kelly o fazia pensar, condescender, e teria o que dizer sobre ela, se os dois inúteis perguntassem: era na verdade pouco mais que um adolescente, devia estar nos 19 anos, chamava-se meramente Zé Pedro e ele conhecera a sua mãe, assassinada por um investigador de polícia em sessão de umbanda; dormia com o sujeito, e recebeu uma Gira particularmente ofensiva, que xingou o homem sem cessar numa noite em que ele viera para a sessão bêbado. Zé Pedro, que ficara órfão e já era dado a uns desmaios que pareciam de epilepsia, era bem conhecido no quarteirão, fora mantido por uma das antigas patroas da mãe, que ainda o usava como faxineiro. Filas dos moleques em aperto se faziam em frente àquela casa quase vizinha à dele, eles se servindo — alternativa para galinhas, éguas e falta de mulher — e ele se sentindo uma espécie de rainha. Aos poucos, fora se afastando da cidade, viajando, voltando já como *Rose Kelly*, parecendo ainda mais alto, mais forte, sempre bebendo, engrolando em nagô e num português de trás para a frente, dizendo-se possuído por uma Gira insaciável, assustando mais que atraindo clientela com aquilo entre as pernas. Qual a graça que havia em rir dele? Bilico notara que, bebendo demais, caía, esperneava no chão, desandava a engrolar e a roncar medonhamente, punha baba, sujava aquele batom todo. Varria as noites procurando homem, valendo até o último dos guardas-noturnos ou bebum em decomposição disposto a qualquer coisa. Nunca ameaçara homem algum com seu assombro. Era da passividade mais confiável. Ultimamente, militava entre a cidade e a zona de uma cidade vizinha onde fazia oficialmente trabalho de manicure e cabeleireira. — Melhorei de vida, exerço na "Nazo" — dizia.

Bilico deu uns tapas não muito leves em Oceano e Graveto para que se erguessem, pois "Dió", mastigando um comprimido pontual, queria fechar. Eles saíram, e ventava muito. Isso pareceu divertir Oceano, gritava a Graveto que tomasse cuidado, ficasse firme, para não ser levado, mas Bilico ia atrás, um pouco ressentido, nada de rir, e numa primeira esquina plantava-se, junto ao poste, a figura alta, agitada, de *Rose Kelly*. Ela esperava, e não demorou que um carro parasse e a apanhasse, e gritasse de lá de dentro pela janela, de modo a que todos ouvissem: — *Olha só que sucesso! Bofe casado, bofe casado...* — mas a sua cabeça foi puxada pelo homem ao volante para o único lugar onde ele queria que essa ficasse.

Não queriam ir para casa, mas dificilmente encontrariam outro bar para a saideira, e Bilico sentia-se cansado, como se feito de palha e asco, nada podendo fazer senão segui-los pelo caminho qualquer que tomassem. Conseguiram que bebesse mais um pouco de uma garrafa que levavam na mão, enfiaram-na em sua goela, praticamente.

Oceano gritou: — Já sei, já sei. Vamos pro cemitério.

— Cemitério? Pirou? — disse Bilico.

— Você vai fazer uma seresta pro nosso amigo Mané Gira. — Oceano disse a Graveto.

— Você sabe qual é a sepultura? — Graveto riu.

— É só me seguir. Pular o muro, olha lá.

— Numa noite como esta! Olha que vento! — O casaco jeans de Bilico enfunava. — Você tem bosta na cabeça, pintorzinho — ele disse, resmungando, olhando para os lados.

— Vamos indo, nada de cagaço, sem essa de filme de terror, o lugar é o mais tranquilo, o mais puro que pode existir. Eu sei mais ou menos onde o coitado foi enterrado. Já fui lá de dia levar flor com minha mãe.

— E de que tipo de música ele gostava?

— Sei lá. Nem sei se entendia direito o que ouvia, mas ouvia rádio, com muita atenção. Gostava de qualquer coisa, acho.

— Vou escolher uma boa.

— Em português — latiu Bilico.

— Certo. — Graveto riu e forçou seu corpo contra o vento para seguir Oceano.

Pular o muro, não muito alto, não exigiu deles maior engenhosidade, mas os gestos lentos provocavam recuos, quedas, e era preciso insistir. O vento, que parecia provir de todos os lados, prenunciava uma tempestade de outubro. Oceano disparou na frente, foi orientando-os, acendendo o isqueiro, como se isso bastasse para a noite sem lua, como se o foguinho fosse resistir ao ar agitado. Entre um cheiro de flores murchas, algo entre vela derretida, mofo e desinfetante, Graveto ia devagar, parecendo ter recuperado toda a sobriedade para se desincumbir do que Oceano lhe pedira e não tropeçar em vasos, medroso de que, caindo ali, ferindo-se, ficasse para morrer nalguns daqueles braços de anjos em silhuetas muito escuras que vinham em sua direção, disposto a abraçá-lo ou estrangulá-lo. Tremia, porque as árvores se vergavam e aquele zunido era ameaçador. Mas batia no bojo do violão, arrancava umas notas incertas, opondo-as ao zunido. Ia seguindo as notas, arrastado para um lugar lá pela frente onde se organizariam em canção, e Oceano já as achava bastante satisfatórias como música, cantarolando-as, puxando Bilico, que não queria demonstrar medo e recusava seu braço, apalpando granitos e mármores, cauteloso.

— É ali — Oceano apontou. Viram, na medida em que se podia ver, nada senão um monte de terra sobre o qual balançava uma cruz com uma placa oscilante, furiosamente batida pelo vento.

Oceano se adiantou e teve certeza: — Aqui, aqui mesmo. — Passava o pé, espalhando terra. — O Gira foi enterrado aqui, tenho certeza.

— O que é que a gente canta?
— Não sei. Começa aí.

Graveto olhou para sepulturas e jazigos, mordendo o lábio, e pensou no que João poderia gostar. Olhou ao redor, olhou para o céu — nada mais fechado, mais escuro, nem uma só estrela — e começou, já que ali o caso era de a música inaugurar, dar o que não existia:

— *A estrela d'Alva/no céu desponta...*

Duas vozes desajeitadas, graves demais, completaram:

— *E a lua anda tonta/com tamanho esplendor...*

Sem lua, sem estrela, esganiçando, o violão não perdendo o rumo, o trio lembrou-se da letra — tinham que sabê-la, memória de alguma cantoria de rua, de alguma coisa mais imaginada que vivida. Bilico não sabia cantar, decididamente, e Oceano ria muito de seus tropeços, mas estava tomado de tal reverência que os dois tinham que se calar, respeitosos. Quando pararam, sentaram-se, comovidos. Oceano olhou para a plaquinha com o número, que tilintava, e bateu no monte de terra, com uma expressão meio perplexa.

— Já pensaram se, de repente, ele se erguesse daí...

Bilico e Graveto se entreolharam.

— ... e dissesse *"Mané qué pastel"*?

O romance estava acabado, anunciou Bilico, e Oceano, animado, pediu que ele o trouxesse e lesse para eles, aos pedaços, ali na Curva. Seu entusiasmo pareceu importar a Bilico menos que um possível acolhimento de Graveto, que apenas sorria. Tinham se entendido, com certa cumplicidade não muito confortável, desde que Graveto se pusera a ler seus poemas e Bilico reconhecera nele alguém cuja opinião seria preciso acatar. "Sim, mas nada de a gente se chamar de *confrade*, como aqueles cretinos pomposos da Sociedade Literomusical Josualdo Monteiro de Paiva" — tinha ódio do que parecia o único tosco esboço de Academia de Letras da cidade — "eu, porra, juro que nunca vou entrar para aquela coisa". "Também, não querem nem cogitam te convidar, né, irmão?", disse Oceano, rindo. Bilico fez uma considerável carranca, afetando enorme desprezo por essa consideração.

Algum cuidado supersticioso o impedia de trazer as páginas datilografadas para os amigos, Oceano não insistiu, Graveto se manteve mudo e pensativo. Mas era óbvio, agora, que queria sair da cidade o mais rápido possível, fazer a viagem à capital para ver seu ídolo, para que ele sim, que tinha um sobrenome *burguês*, apesar de toda uma vida dedicada às chamadas "causas populares", pudesse fazer a correta avaliação do livro.

No entanto, não tinha dinheiro. E nem Oceano, que às vezes o socorria com algum do que ganhava erguendo e pintando casas, empréstimos sem esperança de pagamento, podia ajudá-lo no momento — a mãe estava no hospital havia semanas. Graveto, que sobre essas questões fazia silêncio — Oceano tinha certeza de que a resposta para a sua indiferença a esses assuntos devia residir naqueles envelopes e pacotes vindos de não sabia onde —, ajudaria um pouco, se quisesse. Mas Bilico parecia considerá-lo ainda mais pobre e desesperado que eles e repeliu uma insinuação de socorro modesto com ar orgulhoso e como que distraído.

Tinha uma ideia. Certo admirador seu, com recursos vindos de pequenas propriedades lucrativas no campo, dono de pontos de aluguel comercial na cidade, dado a frequentar bares das "beiradas", como dizia, sonhava ser candidato a prefeito e o admirava pelo bem falar nos palanques; não conseguira ser aceito entre os grandes, não era levado a sério como político, parecia querer aprender a ser um bom populista, um daqueles sujeitos que eram carregados nos ombros ao terminar um discurso — isso acendia seus olhos azuis de italiano avermelhado, ele sonhava, alisava a barriga de bebedor fanático de cerveja. "Você fala umas coisas muito certas, Abílio, o povão gosta... Esse negócio do povo gritando o nome da gente, dando vivas, não te dá uma sensação fabulosa, na barriga, aqui, ó, uma pontada gostosa, uma tremedeira?" Começava a treinar nos botecos, subia numa cadeira, interrompia as conversas pedindo atenção, e, como pagava rodadas de bebida e petiscos, por que não o ouvir?

O caso era rondar a casa do homem, visitá-lo num jantar, deixá-lo beber e ficar inclinado à generosidade. Não precisava de muito — seria o dinheiro da passagem, um pouco mais para ficar numa pensão popular. "Será que ele vai abrir a carteira, Bilico?

Rico é sempre mão-de-vaca, não conheço nenhum que seja generoso", disse Oceano. "Tá bem, avareza é a marca deles, mas a vaidade também é", disse Bilico, pensativo. "Uma tragédia, o mundo na mão desses egoístas, broncos", observou Graveto, que, quando o assunto era políticos e poderosos, fechava-se num desdém cujo tamanho eles podiam adivinhar ou emitia xingamentos fatigados. "Vou lá amanhã", Bilico completou, bufando.

Não o viram por uma semana. Apareceu na tarde em que se realizava o enterro de Dona Gema, o caixão já descendo à cova, umas poucas pessoas do bairro rezando, coroa de flores levada pela mocinha da vizinhança que ia ajudá-la na casa, e Graveto percebeu que olhava para Oceano com admiração da qual ele talvez fosse consciente, embora ostentasse, no momento, a mais reflexiva e hermética das seriedades.

Estava pálido, vestira sua camisa mais social, em que ficara tolhido, ombros apertados, e se perfumara, engraxando os sapatos. Bilico chegou para olhar o caixão, pôr a mão no seu ombro, querendo parecer mais consternado do que realmente estava, e o trio saiu do cemitério, Graveto parecendo achar muito estranho que, à luz do dia, o lugar fosse tão desprovido de sugestões, tão diferente daquele que lembrava. Um depósito de mortos. Confirmava suas ideias sobre a mediocridade do sol.

Rumaram para a mesa do bar. Oceano passara pela casa para trocar a camisa social por uma camiseta de malha, das mais usadas, tirara os sapatos e voltara com jeans e tênis. Uma flor que pegara de um vaso do cemitério, de um alaranjado forte, o fascinava — ele a tirara do bolso da calça, já amassada, e a olhava com cuidado.

Sentava-se com as pernas abertas, balançando a cadeira, como sempre. Seu à-vontade, seu vigor interessado, ávido de tudo, de modo algum eram perturbados pela tristeza. Considerava talvez que ela havia durado demais, estupidamente — "Por que tinha que continuar vivendo? Faz muito tempo que, com um pouco de consciência, disse que queria morrer, nada mais. Mas, queria ser enterrada ao lado do meu pai. Como se fosse possível!".

Na memória de Oceano, o belo Ettore nunca tinha sido mais que um visitante de temporadas fugazes, bem-vestido, adorado por ela, mas certamente adorado por muitas outras e fiel a nenhuma; ela o criara sozinho, depois que seu ídolo se afundara em algum canto do norte paranaense. Estava morto, ou vivo e para sempre ausente. Não fizera grande falta na prática — ele, filho, cuidara dela muito bem. Mas convinha procurar outro assunto:

— E como foi a conversa com o *candidato?* — perguntou a Bilico.

— Bem. Consegui o dinheiro. — A lembrança da conversa parecia importuna, e sua expressão remetia a algum embaraço que o enervava, convinha não pedir detalhes. — Vou já no sábado pra capital. Levo o romance. Quer vir comigo? Esquecer, espairecer?

— Não vou não, obrigado. Vou ficar. — Girava a flor sob o nariz, pensava em algo bem concreto cuja natureza deixava para a imaginação deles.

— Acho que vai ser possível publicar. — Bilico agora sorria, tomava mais um grande gole do copo. O entusiasmo, traduzido num tom de voz alegre, agudo e inabitual, de tão súbito, fez com que Oceano e Graveto sorrissem. E então, entrando no bar em começo de noite, ainda com certa rigidez de compostura que, aos poucos, como de hábito, ia perder ao se afundar em sua mesa de canto, Claudionor os cumprimentou com um grunhido. "Dió" foi correndo à sua mesa, com um pano de limpeza e uma garrafa de cerveja.

Bilico dirigiu-se a Graveto: — Me leia uma dessas coisas aí... Uma qualquer. Você escolhe.

Oceano parecia interessado na forma das mãos brancas, sem nenhum calo, de Graveto, que folheava o caderno:

*Grande extensão de água parada
que, no entanto, nunca dorme,
vasta campina de flores hostis,
mundo que me é alheio e enorme,
onde é que escondo meus fracos rubis,
onde algum sopro que não me deforme?
Quero ser mudo, imóvel, feliz
e um esboço de ato já me contradiz
Onde me escondo, perfeito e informe?*

Bilico ficou refletindo e, por fim falou, balançando a cabeça, cansado: — Esconderijos...
— Esconderijos. — Ecoou Graveto. — A única tarefa digna neste mundo é tentar sair dele.

Subitamente, um grupo imprevisto estava ali, entrando, encantando os olhos calculadores de "Dió" — peões de rodeio, algumas mulheres que gritavam, movimento incomum que deixava Claudionor nervoso, agastado, em sua mesa — as quebras de rotina eram uma ofensa imperdoável a seu sossego. Uns frequentadores mais conhecidos também foram surgindo, Bilico ergueu-se, disse que iria embora, e Oceano pôs a mão direita no ombro de Graveto:
— Fica comigo, hoje? Dorme lá em casa?
— Bom, claro... durmo sim.
— Não esquece de levar o violão.

Sem camisa, Oceano foi lá para fora, para ficar entre as suas árvores, e os galhos do pé de figo, sob a lua muito clara, tinham algo de espectral; o vento, o vento, que essa noite voltara a ser forte, ele o absorvia, recebia-o sob as axilas, expunha as costas, que eram açoitadas, alimentava-se desse vento, com ele se enfunava, deliciava-se — era isso que queria, expor-se ao elemento, erguer os braços bem alto, abarcar uma distância indefinida, uma vastidão que só a ele pertencia; precisava expelir o luto, um dilaceramento o agitava, o impelia a essas andanças pela casa, e agora, a essa corrida para o quintal, para as árvores, nas quais se abraçava ou dava socos. Arrancava folhas, punha-as na mão, parecia comover-se com elas, esfregava-se nos troncos, sem conseguir aplacar a agitação. Graveto o olhava, silencioso, e tirava umas notas contritas do violão, não querendo tocar nada.

— Melhor você ir dormir, não? Não sei se vou conseguir tocar alguma coisa... Estou ficando muito nervoso com essa tua agitação.

— Eu tenho ódio, eu tenho pena, eu tenho vontade de morrer, de viver, tudo junto...

— Não sei o que fazer.

— Só me deixe ser, eu me viro. Escuta... — Pareceu pensar bastante. — Ela gostava de quê?

— Ela quem?

— Tua irmã. Não era só daquela, dos Beatles...

— Ah, sim. — De onde estava, sob a lâmpada fraca, olhava para o retrato de Mané Gira com seu pastel, para o santo com seu pássaro à janela, para a paisagem da represa e o rosto de Maria Fi-figura. A noite parecia tornar as cores mais nítidas, dar àquelas cenas uma presença mais viva e, ao mesmo tempo, mais irreal. Oceano estava à porta, olhando direto para ele, esperando pela música. Começou a cantar, incerto, lembrando-se: *Spring was never waiting for us, girl/it ran one step ahead/as we followed in a dance...*

— Lembro dessa. Ouvia no rádio... Quem cantava era um ator de cinema, que aparecia pelado naquele faroeste. Deu o que falar. Era longa. O compacto simples mais longo daquela temporada.

— Você ouvia rádio?

— Muito — disse rindo. — Tudo que me afastasse desta merda de cidade, ao menos na imaginação.
Quando terminou, ele estava mais calmo — olhava-o, sorrindo. O atropelo de seus pensamentos parecia haver encontrado um eixo de repouso. Pusera-se a descascar uma laranja, a meditar.
— Me diz agora, favor responder, caniço. Pra onde você vai no dia em que decidir ir embora daqui? Porque você não vai ficar, eu sei.
Graveto demorou a responder, pondo o violão de lado: — Não sei. Não sei mesmo.
— Deve haver algum lugar. Desembucha. — Oceano lhe atirou a tampa da laranja descascada.
— Faz tempo que não sei nada, não quero pensar em nada. Andei muito, fiquei em muitos lugares, com muita gente, depois que a porta do Paraíso se fechou, entende? E sinto que estou indo.
— Pra onde?
— Pra *lá*. Mas tem sempre coisas demais antes desse *lá*, desvios, paradas, circunstâncias que me pegam, compromissos. Eu queria ter uma escolinha de música num lugar bem tranquilo, bem rural, não sei. Mas vou ter tempo? Vou ter apoio, dinheiro? Quando me ponho a pensar em tudo que tem de ser feito, fico paralisado. Acho que não quero é nada. Queria poder dormir, dormir o tempo todo. E, ao acordar, o mundo mudado...
— Como é esse *Lá*?
— É num planalto, um lugarejo de nada. Muito azul nas serras, um rio tão azul quanto aquele da ponte de L'Anglois, do Van Gogh. Consigo ver até as pedras lambidas pela água prateada, os guarus nadando. E há um canto, numa certa descida, bem fechado, um bosque, perto de uns vinhedos. Um perfeito verde-escuro que, quanto você mais penetra, mais verde-escuro fica. Uma casa velha, quase invisível no meio de tanta árvore, que me es-

pera. Tenho a impressão de que, entrando nela, não sairei nunca mais. Nem será preciso. Besteira, né?

— Vou pintar isso um dia. Vejo o lugar.

Graveto sorriu. Pôs-se a dedilhar outra música, sussurrou: — *The murmur of a brook at eventide/that ripples by a nook where two lovers hide...* "Stella by Starlight". Minha irmã ouvia muito. Ela cantava bem.

Notou que Oceano se agitava outra vez, que queria lhe falar alguma coisa. Finalmente, disparou para o quarto, remexeu lá dentro, coisas que caíam com estrépito, e reapareceu com uma tela grande, encostada à barriga, um pouco inibido, escondendo o lado pintado. Pôs a mão esquerda na boca, trêmulo, ansioso: — Andei fazendo isso.

Virou-a e exibiu-a. Inconcluso, era um trecho de paisagem conhecido, que incluía a visão de cruzes, anjos e túmulos à distância, além-muro, do cemitério. Embelezara o derredor com árvores que não existiam lá. Nuvens muito cheias e agitadas pelo céu de cobalto-claro, isso era o fundo; em primeiro plano, o capinzal agitado era pontilhado por flores alaranjadas, quase em fogo.

Ficou sem fôlego. Faltava pintar umas pedras ainda em esboço, meio sujas de cor indefinida, pinceladas erráticas, marcas de aguarrás, mas o quadro, de uns 100 x 80 cm, era de extasiar. Estava muito orgulhoso, parecia possuído por algo indescritivelmente grande e feliz: — Sabe que começo a achar que dá pra ser mesmo um pintor, que é só achar certo caminho, certa visão só minha, que ela anda por perto, que ela vai chegar...?

— Vai chegar? Já chegou, cara, me parece que já está aqui. — Graveto pôs o dedo numa das árvores e, rindo, tirou-o manchado de verde. — Desculpe...

Graveto pegou a sua mão toda com força, apertou-a junto a seu peito. Tremia, e ele lhe ouvia o coração. — Meu amigo, eu preciso te contar uma coisa... Anda me torturando, não sei o que vou fazer. Não vai dar risada? O Bilico ia debochar, tenho certeza.

— Prometo que não.

— Eu... eu aprontei uma besteira. — Deu uns passos em direção à cozinha, encostou-se à moldura da porta. — Olha aquilo ali... — Apontou para o fogão a gás. Graveto, sem entender, apoiou o queixo no bojo do violão, olhou.

— Ela estava ali...

— Ela quem?

— Gina, a moça que vinha aqui em casa ajudar a minha mãe.

— Sei. Ela estava ali. — Graveto imaginava a figura apagada, fiel, abnegada, vagando pela casa, levando Dona Gema a fazer as suas necessidades, tendo paciência com cada passo da velha, abrindo aquele armário, fechando aquela gaveta, apanhando a peneira com furos, descascando alhos daquela réstia. No cemitério, reparara em sua beleza — o ouro escuro de um rosto difícil de esquecer, os dentes radiantes, uma delicadeza, uma intensidade no olhar castanho cravado no rosto de Oceano, como se procurasse ler nele um sinal que esperava ardentemente. Depois, olhava para os dois, tímida, mas com um grande prazer de vê-los juntos. Era pequenina, silenciosa — e, bem, a ocasião era de mudez.

— Eu tenho disso, uma adoração por mulher perto de fogão, de manhã cedo, quando acordo... Esse calor, essa coisa tranquila, acolhedora, que vem delas... Um palitinho de fósforo e o dia sai daqueles dedos, o café sai, o mundo brota. E ela... ela é uma lindeza, completa. E, bem, a bunda estava empinada, parecia que me esperava, um abismo, rapaz, me tragava. Como é que eu ia ter cabeça fria?

Graveto deu um sorrisinho, mas tremia também.

— Te juro, te juro, a melhor foda da minha vida. Uma coisa! Mas... engravidou. — Deu uma risada um pouco lúgubre.

— Xi...

— Eu não tenho como ser pai, não gosto da ideia, eu sei que não vou saber ser, eu não vou suportar. Casamento! Esse troço me apavora... Viver junto, talvez. Mas eu não fui feito pra isso, eu sou o Oceano! — Puxava os cabelos, fechava os lábios e os machucava com mordidas.
— Uma solução. Pode ter.
— Sei o que você está pensando. Nunca, mas nunca mesmo. Botar aquela flor na mão de algum médico assassino por aí? Nunca. Eu vou cuidar dela. Eu vou.

Graveto afastou as mãos que apertavam seus braços com dificuldade. Levantou-se, foi para fora — a lua e todas as estrelas, havia tempo não via noite mais completa — e olhou para ele outra vez. — Eu não sei o que dizer.
— Só me diga: devo?
— Deve o quê?
— Ficar com ela. Só isso...

Graveto pensou longamente, deu alguns passos em direção ao pé de figo, agarrou-se, um pouco zonzo, a um dos galhos. Agarrou-se com força várias vezes, como se suas mãos afrouxassem e o galho precisasse ser mais sólido, porque parecia não haver, para o que vinha daquele rosto, daquele peito nu, daquela expectativa, nada senão este recurso: ancorar-se, fosse como fosse. A emoção, a expectativa de Oceano era tão estranhamente ansiosa que ele estava contagiado, como se uma turbulência de onda o percorresse, como se o momento fosse de uma solenidade sem nome. Dali de onde olhava, o olhar fixo, aqueles músculos (perto dos quais seu corpo era um esboço inconcluso), o vento cujo frio ele parecia não sentir, o claro de lua, a lembrança da paisagem do óleo do cemitério ainda molhado, se plantava esse homem, seu amigo, enorme, um titã à sua mercê, dependendo de uma palavra sua. Punha sua vida na mão de um desconhecido, amigo de pouco tempo, vindo de não sabia onde, com base em que espécie de fé?

Expeliu, lentamente, uma resposta: — Acho que você deve.
— Espantou-se: era como se tivesse respondido sim a um imperativo irretorquível que vinha do chão, do vento, de toda parte, todos os escuros. Como se tudo conspirasse para que desse uma resposta afirmativa.
— Obrigado, obrigado... muito obrigado mesmo. — Pegou-lhe a mão, puxou-a, beijou-a. Depois, como se o alívio fosse um despropósito, abriu os braços outra vez, acolhendo toda a noite em si, e deu um grito prolongado. Acalmando-se aos poucos, voltou e abraçou-o: — Se for homem, vai ter teu nome.

Quando Bilico apareceu, entrando bem atrás de Claudionor, que chegava e dava seus cumprimentos mudos aos frequentadores, curvo, as mãos nos bolsos da calça, deixou claro para Graveto e Oceano que não trazia boas notícias. Eles se entreolharam, num acordo silencioso para não perguntar demais, se sentissem terreno muito melindroso. Ele pegou uma cerveja e um copo no balcão e chegou-se devagar, puxando uma cadeira. Nove da manhã, apareciam cedo na Curva, meio em caráter excepcional, porque sabiam que ele estava para aparecer — alguém o vira na rodoviária, no dia anterior.
— Dois meses — ele grunhiu.
— Dois meses, pois é. A gente sentiu tua falta, ficou te esperando.
Bilico ergueu uns olhos mais para incrédulos. Alguém sentir falta dele? Pouco provável. Trazia uma pasta, um pouco anacrônica, lembrando as de filmes de espionagem, e o couro preto em mau estado. Mostrou o livro, ainda uma encadernação de suas páginas datilografadas, a folha de rosto suja, uns rasgos nas extremidades. "Minha obra imortal", disse, entortando a boca.
— Como foi, então?

— O senhor Vasco Meirelles? O *doutor* Meirelles? Bem-vestido, ele. Cheiroso! E que casa! Vi lá umas coisas que não tinha visto nunca na vida. Achei que minha bunda sujaria automaticamente aqueles sofás.

— Mas foi bem, então? Ele leu, ele gostou?

— Não vou saber nunca. Acolheu, pegou, guardou numa gaveta, o sorriso mais simpático do mundo, ele nunca se perturba, ele nunca deixa de parecer um santo — ele riu, engolindo mais cerveja, acabando com o copo. — Entendi tudo. Impossível. Mas essa gente sempre te exclui em alto estilo. E tem aquela brancura meio esverdeada de paulistano que pouco sai de apartamento. Vai pros setenta anos, mas a mulher é bem mais jovem. Dois filhos muito chatos, que me ignoraram — acho que estão acostumados demais à visita de pobre. Devem achar o velho um otário, um besta. Ela, a mulher, só no telefone, só dando uma ordem e outra pra empregada. Muito sorridente. Tem um cachorrinho yorkshire, fica com ele no colo o tempo todo, late de um jeito irritante, irritante... E ela te olha com aquele olhar de mulher rica que está disposta a mostrar ternura por você, uma *vítima da opressão das classes dominantes...*

— Só isso?

— Só uma passagem por aquela casa, por aquela sala. Depois, fomos pra uma reunião, tinha lá uns tipos de diretório, visita de uns sujeitos do campo, pela reforma agrária. Um boia-fria lá, com um dente só na frente, sabia falar, chamava a atenção. Uma das mulheres só tinha olhos pra ele. *A força das reivindicações populares em estado bruto*, sabem como é, não? E ela cravava o olho no *bruto* lá no meio das pernas do banguela oprimido. Não me notaram muito. Devem ter achado que, pra pobre, até que eu estava bem-vestido, limpo demais. Tenho certeza de que ela deve ter levado seu trabalhador rural *authentique* lá pro apartamento dela depois.

— Mas que amargo, Bilico, que é isso? — Oceano deixou escapar.

— Vocês não podem ter uma ideia...

Pensara em não voltar, o dinheiro dava para ficar por lá uns tempos, acreditava. Ficou na pensão, dias a fio deitado lá, pensando em Cordélia, comendo pouco, fumando muito, indo para uma janela que dava para nada além de mais paredes sujas — era um pardieiro vizinho a outro — e, embaixo dela, depósito improvisado de botijões de gás, latas de óleo de cozinha. Pegou cinemas vazios — ou dos que, de vez em quando, tinham dois ou três frequentadores, algum deles se chegando perto demais, sussurrando demais, fome de *chupetinha*, desespero por tocar ali, mesmo que repelido a tapas —, passeou por livrarias, foi a uns shoppings, nada. Convidado para outra das reuniões, não foi. O líder rural banguela tinha todos os holofotes no momento. Bobagem sua se fosse à reunião. Não significava nada, só mais um ouvinte, ponto final.

— Esse teu orgulho de merda! Precisava ter insistido um pouco mais. Sei que teu livro é bom, que é só alguém ler... — disse Oceano.

— Olha, não sei se é bom. Não sei mais nada. — Pediu outra cerveja. "Dió", que conversava algo muito sério com Claudionor, pediu para que fosse apanhar atrás do balcão. E pediu outras. E outras. Graveto não beberia tanto, Oceano, com o pensamento em outra parte, não queria acompanhar aquilo, mas, consternados, sem saber o que dizer, não teriam coragem de deixá-lo sozinho.

Era um domingo. De missa e de rodeio. Ele queria ir para o centro da cidade. Conseguiria chegar, daquele jeito? Oceano o impediu, tapando um copo, puxando uma garrafa para seu lado, e que ele não protestasse. Impediu "Dió" de atender aos pedidos insistentes de bebida que fazia. Passou-lhe a mão pelo ombro. Bilico deixou-o fazer o que quisesse, não tinha energia para esboçar reação. Falou de Cordélia. O dinheiro emprestado pelo *candidato* acabara no dia anterior com o presente que comprara e mandara, anonimamente, para ela. E estava ansioso por vê-la na missa, ver se o estava usando. "Você mais é endoidou, amigo", disse Oceano, com raiva e pena. "Doido de pedra. Graveto, que é a gente faz com esse maníaco?"

— A gente vai pra cidade. Mas, primeiro, ali pra cascata particular do Dió. — Foram para uma pia suja no fim do corredor. Enfiaram a cabeça de Bilico sob a torneira, sacudiram-no, seguraram-no, resistiram às suas patadas e xingamentos. Quando, depois de uns dez minutos de ducha a mais desajeitada, puxaram-no da pia, ele sentou-se junto à parede, esticou as pernas, afrouxou o cinto, respirou. Olhou-os com raiva.

— Vamos pra igreja. Eu chego lá, seus filhos da puta. Cerveja não faz tanto mal assim.

— A gente vai junto. Você não tá batendo bem. Melhor ficarmos por perto pra ver o que vai fazer.

Não podia fazer muito senão segurar a pasta, que várias vezes se abriu sozinha e deixou cair o romance, cujas folhas recolheu, impaciente, com a ajuda dos dois. E não demorou para que se aproximassem da igreja, bem no centro da rua frente à praça, no topo uma imagem da Virgem padroeira da cidade. Oceano garantia que, de lá do alto, ela tinha os olhos postos bem sobre o pau do "anjinho mijão" do chafariz da praça, que aquilo era um flerte permanente.

— Uma vez eu e mais dois caras quase fomos parar na polícia porque entramos por ali — apontou a igreja — numa hora de vazio. E eu não resisti, lá na frente, gritei: *"Jesus, Maria, José, a trinca do terror!"* Rapaz, fez um eco danado, meus dois amigos ficaram tremendo de medo, e eu, rindo. O cônego ouviu, saiu lá da sacristia pro altar, ficou olhando feio, feio, pra nós três. Saímos correndo.

— *Trinca do terror...* É boa.
— Não é de minha autoria. Ouvi um cara gozador dizer. Só que era assim, ateu e gozador, mas nunca ia dizer isso dentro da igreja, provocando um padre. Nesta cidade, palavra não corresponde a ato. Coragem, só pelas costas. É só fuxico, bravata.

— Oceano olhava para Bilico, preocupado, e voltava um olhar significativo para Graveto — tentavam tranquilizar-se, observavam o silêncio contrito em que ele ia, os passos cuidadosos que dava, tentando aparentar sobriedade; vez em quando, Oceano o segurava, punha-o na direção certa.

No átrio, muitos carros estacionados e um movimento constante de gente — algumas mulheres arriscavam olhares para o trio, pareciam medrosas, e eles conseguiram chegar à entrada sem que Bilico caísse. Mas ali deu uma espécie de escorregada e firmou-se numa coluna, Graveto o segurando, "tudo bem, tudo bem", replicava, nervoso, repelindo-o. Entre os fiéis que subiam, ele procurava um rosto, que sabiam bem qual era — Graveto tinha certa curiosidade em ver a "Terceira" em carne e osso —, mas ela não apareceu ou já estava lá dentro, na cerimônia que já começava.

— Eu fico aqui.
— Bilico, nada disso, que é, rapaz? Vamos embora. Vai ouvir a missa toda pra esperar a figura aparecer? A gente anda por aí. Esquece essa.
— Não me fale nada. Não vou ouvir nada.
— Então, fica, merda; a gente vai dar o fora.

Mas Graveto achou prudente ficar ao lado de Bilico, e Oceano se foi. Ao voltar, encontrou-os ali, Graveto com a expressão do mais consumado tédio, reclamando que missas em outros tempos, em latim, com hieráticos corais, eram suportáveis, mas agora, meu Deus, com aquelas letras devotas em cima de canções de Roberto Carlos... Persignou-se, murmurou *"de gente de igreja, Deus que nos proteja"*. Oceano riu. Bilico continuava silencioso, meio bambo, de olhos postos lá na frente. Finalmente, num turbilhão, entre rostos desencontrados, alegres, depois da longa cerimônia da comunhão, o cônego lento e entediado na distribuição daquelas hóstias, ela avançou. Mas vinha sorridente, acompanhada por um homem bem gordo, que a abraçava. De paletó e gravata azul-marinho sobre camisa branca, era calvo, mas não tão maduro.

— Que diabo...? — Oceano olhou, aparvalhado.

Não teve tempo, nem Graveto poderia controlá-lo: Bilico, que constatara que ela não vestira o seu presente, se pôs entre as duas fileiras de bancos, no caminho, plantando seu corpo hesitante sobre o tapete bordô de passagem. Estava diante do casal. E, com uma espécie de mesura, parou-a, obrigou-a a parar, sob o espanto do homem, e, tirando o livro da pasta, entregou-o a ela. Pasmos, os dois ficaram ali, ela olhando para a encadernação, ele indignado, e Bilico rumando para a saída, sob comentários. Graveto e Oceano seguiram-no, detiveram-no lá na frente, quando tentava firmar-se nos degraus de descida.

— Doido, doido, pra quê isso, seu besta? — Oceano quase gritava, puxando-lhe os braços.

— Nada, nada. — Ele sorria.

— Olha, os dois estão entrando no carro, o homem está olhando feio pra cá — Graveto disse.

— É o Jordão Galhardo. Eu o conheço — disse Oceano. — Vamos, vamos empurrar o sujeito embora, senão é capaz de ele se jogar sobre o carro.

Arrastaram-no, relutante, até a praça, puseram-no num banco, perto de um carrinho de pipoca. — Acho que você precisava de uma ducha maior. Graveto, será que a gente não deve jogar este bosta lá no chafariz? — disse Oceano.

Bilico conseguiu sorrir. Estava satisfeito por seu ato, desse no que desse. Mas, daí a pouco, começou uma espécie de choro, que era basicamente de soluços controlados, umas contrações que fazia com que erguesse os ombros, que inclinasse a cabeça para trás, revirando os olhos — ia ter uma convulsão? Oceano chamou Graveto à parte, para que não o olhassem, para que o deixassem ali, no banco.

— Esse Galhardo anda comprando tudo. Dono do supermercado, vai ampliando a rede. Comprou um quarteirão inteiro do centro. Aquele do cinema. E vai fechar. Ninguém vai reclamar muito, não se iluda. O cônego andou fazendo campanha contra o cinema, por causa dos filmes pornográficos. E o Galhardo vai alugar o prédio para não sei quem de São Paulo, dono de uma igreja nova. Bem feito pro cônego, não? Vai brigar feito dono de empório com o concorrente evangélico, pelos fregueses. Fiéis vão virar mercadoria preciosa. *Deus é grana*. Você viu como a "Terceira" ria, como tava satisfeita?

— É verdade.

— Feliz, sorridente, ao lado de uma das maiores caixas registradoras da cidade. Daqui a uns tempos quem sabe ela não vira "Segunda", "Primeira"?

- Os dois riram e ofereceram ombros para Bilico, que os recusou. Andaram um pouco, em direção a uma multidão que se enfileirava, se encostando em cordas de isolamento, para ver o desfile anual de cavalos, bois, carros alegóricos, misses, peões, comitivas de fazendeiros. O desfile custou a passar, e os dois custaram a conter os xingamentos e as risadas de Bilico. Ao fim, quando passavam os últimos cavalos de uma tropa da fazenda Begale, ele passou com agilidade sob a corda de isolamento, correu para a rua e, colhendo um monte de estrume fresco, ergueu-o para que todos vissem:

— A contribuição dos Bertoni e dos Begale para o progresso da cidade! — Berrou. E atirou a bosta de vaca sobre uns sujeitos agarrados à corda, que o estimulavam com risadas e pouco se importariam com as consequências que seu ato atraísse.

Era novembro, e agora, postes de luz cobertos de besourinhos à noite, o desespero de uma primavera calorenta, e, todo dia, chuvas e chuvas — uma das coisas a fazer, para alguns, era, depois dos temporais, com algumas horas de sol sobre bostas de vaca, sair vagando pelos pastos à procura de cogumelos do estrume, que eram de um branco sujo, circundados por um cinza-escuro, para fazer garrafas de chá e distribuir em certas rodas noturnas. Bilico, que agora não parecia nem mesmo ver a necessidade de se manter fiel ao bar da Curva e a Graveto e Oceano, saíra em algumas dessas buscas. Numa certa noite, enfiado sob um chapéu de palha enorme, entrou, os olhos arregalados, na Curva, surpreendendo-os. Não quis beber — ficou murmurando coisas, abraçando-os, o homem mais terno e complacente deste mundo, olhos moles, fala mole, pedindo para que ouvissem com atenção os sons, todos os sons, corujas, mugidos, latidos (cães que pareciam estar no fundo do infinito), para que atentassem para a riqueza de tudo aquilo, para a beleza das estrelas, a vastidão, tudo, tudo, mesmo a mais minúscula grama de canto de rua, a mais ínfima pedrinha reluzente de asfalto, de uma importância cósmica.

Enquanto murmurava, enquanto revirava os olhos para o que só ele via, para o que só a ele extasiava, sob relâmpagos, viram passar *Rose Kelly* a cavalo, perseguida por um sujeito que gritava, um peão de rodeio que a xingava por ter-lhe pego o cavalo e fugir pela cidade.

O peão era uma das diversões de Begales e Bertonis, dono de conversa meio ininteligível, dado a babar, olhos divertidos e cruéis, sempre erguendo o chapéu para saudar seus patrões, *"viva doutor Nirso Begale, doutor Adirso Bertoni, viva Nossa Senhora Aparecida"*, distraindo-os com suas palhaçadas e exibições, não se importando em machucar-se nas arenas, em estropiar-se (vivia com braços engessados) para arrancar risadas dos ricos. Sua fúria contra a aberração que atravessava a noite com aquele cavalo tornou-se uma atração, mobilizou curiosos das ruas do centro, foi armando procissão e carros dos herdeiros jovens de Begales e Bertonis seguiam o tipo que procurava alcançar o cavalo e derrubar a mais imprevista e insólita das amazonas, apostando se ele conseguiria deter o animal.

A passagem do cavalo em fuga, do perseguidor e de seus seguidores pela Curva foi rápida, mas empurrou para fora, incrédulos, alegres, dando vivas e gritos, os frequentadores do bar. Houve apostas. Lá na frente, ouviu-se um grito muito prolongado depois. Era o peão, que urrava de satisfação. Correram. Ele conseguira parar o cavalo, e, descendo dele, *Rose Kelly* partira em disparada para um pasto escuro, medrosa da procissão de carros que o seguia, dos gritos, dos xingamentos, dos gestos, do que todos aqueles homens juntos lhe poderiam fazer. Jogara para o alto os sapatos de salto, livrara-se de uma blusa de um vermelho reluzente salpicada de *strass*, pelo caminho, e fora tropeçando em grama, enchendo-se de carrapichos, até chegar a uma chácara, onde sua presença foi rapidamente detectada por cães. Era fugir outra vez. Rasgada, machucada e voltando ao centro da cidade — porque sempre voltava, para divertir seus carrascos, que também não teriam muita diversão se ela não existisse.

O peão, que pôs as mãos sobre a cintura, vitorioso, recolheu os sapatos e apanhou a blusa, em que ateou fogo, com o isqueiro. E ululava. Tinha atrás em torno de si uma plateia ideal. Cavalo recuperado, finalizou tudo com vários tiros de 38 para o alto. Depois, haveria um churrasco na casa de um dos Begales jovens.

Um raio caiu não muito longe do bar, entre árvores escuras. Oceano olhava para tudo aquilo, voltava seus olhos para Bilico e para Graveto. Parecia querer tomar alguma decisão. Chamou Graveto para um lado: — Que é que a gente vai fazer dele?

Graveto olhou para a mesa, onde Bilico falava sozinho:
— Não sei.
— Está cada vez pior. Sabe o empréstimo do *candidato*? Muito maior do que a gente pensava. Está devendo, e o sujeito quer cobrar, não vai perdoar. Noite dessas, vai ainda levar uma surra por aí, não sei de quem. Gente querendo ferrá-lo não falta. E, agora, deu para o chá de cogumelo.
— Me parece feliz.
— Feliz? Não sei. Bilico não sabe se fazer feliz.

Mas havia o que fazer, outras coisas em que pensar, para não pensarem no irremediável, e numa outra noite, Oceano conduziu Graveto para a sua casa. Foi ao quarto e, orgulhoso, voltou com a tela pronta. Graveto achou-a muito superior ao que de melhor esperara. Beberam a ela. E, depois, foi para a casa de Graveto que rumaram. Sempre os céus cheios de nuvens escuras, as poucas estrelas, Oceano ia para os campos abertos, tirava a camisa, abraçava pedras, grama, troncos de árvores. E soltava os seus gritos, que Graveto acompanhava, ouvia, admirava, sem coragem para fazer coisa parecida.

Ali, entre as pilhas de cartas, os discos — a capa de "Teaser and the Firecat", de Cat Stevens, sobre todas as outras — e as muitas revistas, livros, jornais. Cantou *I listen to the wind/to the wind of my soul/where I´ll end up well I think /only God really knows...*
— O vento sim, o vento...
— Sempre gostei dele. Ouvir o vento, o que ele diz, o que ele só insinua, sei lá. Nada que possa ser traduzido, mas a gente — como dizer? — sente uma coisa, uma coisa... É assim, a gente fica obscuramente grato, dono de uma serenidade estranha... E se eu conseguisse colocar numa poesia tudo que ele me sugere? Certos cheiros da noite, de alguma espécie de jasmim... Senti isso perto de um muro outro dia. Tinha uma flor do outro lado, o cheiro era toda a minha vida, tudo que eu ambiciono. Um arre-

batamento. Se eu pudesse colocar isso em poesia, ou numa música! Olhe, tem uma coisa aqui, que eu escrevi...

Sou o que geme, o que ondula,
mistério do vento leste
contado, em mínimo frêmito,
à pele dos manacás...

— Bonito... Você é uma coisa assim, *mistério do vento leste*... Não está errado. Tem algo de vento passando em você... — Olhou-o, embaraçado. Detestava dizer coisas que pudessem parecer afetadas. — Você não é muito deste mundo. De lugar nenhum. Você é um... — parecia procurar a palavra — ... desterrado.

Tinha de lutar para não o forçar a confessar coisas mais precisas e íntimas. Depois, aquela inquietação que o empurrava para o quintal, que o fazia ter uma vontade cega de ação, se apossou novamente dele. Olhou-o, pensativo:

— Você vai mesmo?

— Não sei quando. — A conversa não o agradava. Ele pensava em pessoas e situações que o outro sentia inacessíveis, pensava em circunstâncias sofredoras pelas quais teria de passar outra vez, coisas pendentes que Oceano tentava adivinhar, sondar, sem poder contar com a ajuda dele.

— Vou quando — deu uma risadinha — quando der. Vai se sentir sozinho?

— Tenho a Gina, tenho os quadros.

— E o Bilico...

— É, o Bilico. Mas, sem você, vai ser difícil. Pra ele também...

Nos dias seguintes, não viram Bilico no bar. Semanas, até que soubessem que havia aparecido num outro ponto, e que parecia bem. Assomou à porta, fazendo "Dió" dar um sorrisinho, entre canalha e interesseiro, com certa desenvoltura, num começo de noite. Não vinha com o chapéu de palha, não tinha os olhos *bandeirosos* da outra vez — estava mais magro também e parecia capaz de uma conversa racional. Mas fumava cada vez mais. E pediu uma cerveja, que bebeu depressa, como se tivesse passado o dia ansiando por aquele copo, aquele momento. Depois, olhou-os, pensativo:

— Acho que descobri um jeito...

— Jeito pra quê?

— Pra pagar o meu credor. — Ele os olhou como numa espécie de desafio, feito assumisse sem medo uma coisa mais sabida do que comentada. — Ele mesmo acabou dando a sugestão...

— O quê?

— Um livro. Quer que eu escreva a sua *autobiografia*, como diz. Tentei explicar a ele que não será *auto* se serei eu a escrever, mas não entendeu muito bem. Tarefa de *ghostwriter*, que ele tampouco sabe o que é. Vai fazer o livro, distribuir de graça numa noite de coquetel, quando lançar a candidatura. Pensa num jornalzinho também. Adivinhem quem vai escrever. Meu paternal amigo pode fazer livro, jornal, a merda que quiser. Tem dinheiro pra pagar jornalista, escritor... — Parou e suspirou: — É o jeito de ser publicado que a vida me oferece. O único. — Fez um estalo com os dedos na direção de "Dió". — Não vejo por que recusar.

Oceano pensou em dizer que isso significaria dinheiro para mandar outros inúteis presentes já não anônimos para a "Terceira". E que o Galhardo ainda o faria topar com sujeitos que lhe dariam uma surra de não sobrar nada, em algum beco. Bilico estava apaixonado além de qualquer argumento e ganhando bastante; enquanto aquela vaidade de protetor não se extinguisse diante do dinheiro saindo pela janela, facilmente gastaria muito e precisaria de mais.

Mas não disse nada e ficou observando a reação de Graveto. Que parecia a um só tempo condoído, furioso e impotente. Olhava para o céu. Mais promessa de chuva. Parecia, ao lançar esses olhares para as coisas, desviando-se de gente, fugir a tudo que era humano e que o enredava viscosamente. Esfregava as mãos. A cabeça já estaria lá? Onde?

A noite avançou e se esqueceram de quase tudo, bebendo. Mais tarde, Graveto animou-se a dar uma sumida, sob a luz dos relâmpagos, para buscar o violão. Oceano ficou, mas, pouco depois da saída de Graveto, Bilico saiu com pressa, chamado por um sujeito — empregado do *candidato*, explicou — que passava para apanhá-lo. Sua disponibilidade agora vivia cerceada. Oceano, com um arrepio, pensou na possibilidade de um Graveto desaparecido, sem promessa de retorno, e num Bilico com dono. Perderia os dois. E daí pensou em Gina. E Gina o fez pensar na mãe, mas, pouco afeito a datas, não fora ao cemitério no Finados, e sentiu certo remorso. Gina fizera isso por ele. Levara flores, rezara. E fazia por ele muitas outras coisas. Não havia ninguém melhor. Mas era incômodo que ele se acomodasse assim tão bem a uma bondade que lhe era tão útil... Nenhum pio ali, sempre a esperá-lo, fresca, noturna, pernas abertas, as perfeitas coxas douradas, coração grato, a barriguinha apontando. Mordeu a mão direita, inquieto. Pediu cerveja.

Graveto entrou com o violão. Mas, antes que pudesse cantar, a mulher de "Dió" irrompeu no bar, abraçada a um peão de rodeio. Não estava disposta a esconder nada, e, aproveitando-se dos olhares pasmos dos frequentadores e da expressão de espanto de "Dió", que demorava a assimilar a afronta, deu uma volta por trás do balcão e encostou-se ao homem. Ele a empurrou. Ela fez uma careta, riu, e avançou por sobre uma gaveta. Tirou dali certo número de cédulas, mostrou para o outro, que a esperava à porta, com um riso de três dentes de ouro. Disse para "Dió" um "tiau" que parecia conter todo o desdém do mundo, e o homem ficou paralisado. Claudionor, de longe, erguia um pouco a cabeça para ver melhor a cena. Em dado momento, levantou-se, decidido, e balançou a cabeça, em completa incredulidade. Para combater a indignação, voltou a sentar-se e engoliu mais um copo.

Quando a mulher se afastou com o peão, metendo-se pelo escuro da curva, debaixo das luzes oscilantes do céu, "Dió" abaixou-se atrás do balcão, pegou um revólver e saiu lentamente. Depois, com cinco a seis homens logo atrás, ganhou a rua e começou a correr. Os homens também correram, soltando gritos de entusiasmo, de incitação. Alguns, não se contendo, pulavam feito moleques. Os tiros foram ouvidos dali.

Depois, Graveto e Oceano souberam que tinham sido desferidos para o alto, para um céu que, com aqueles relâmpagos todos, bem podia fazer o papel de único culpado. Tendo atirado, "Dió", com os olhos muito vermelhos, disse que o peito estava lhe doendo muito e caiu. Levaram-no para um hospital. Um dos homens que retornaram ficara encarregado de fechar o bar. Antes disso, porém, por que não destampar uma cerveja?

Mas eles sabiam que era hora de irem embora. Levantaram-se, moles, impacientes, melancólicos, sem fala. Percorreram um bom trecho sem palavra alguma, olhando para o céu, temendo que a qualquer momento o temporal prometido os colhesse em aberto. Despediram-se em frente à casa de Oceano. Afastando-se, já um pouco longe, Graveto virou-se para trás e viu a sombra lenta e atenta de Gina aparecer à janela, depois de ter ouvido as vozes dos dois. Oceano olhava-o, pensava em algo que parecia querer ter dito e não fora possível, deu-lhe mais de um aceno e demorou muito para entrar. Ele imaginou-o lá dentro, aproximando-se de Gina, abaixando-se, beijando-lhe a barriga e fechando os olhos para imaginar aquele que já chamava de seu "peixinho".

Sem Graveto, os dias parecem mais longos, muito mais longos, e, pelas noites, os encontros no bar são menos frequentes. A todo momento, Oceano tem a certeza de que Bilico poderá ser levado por algum carro, poderá desaparecer e reaparecer tão machucado que ele mal o reconhecerá, poderá beber muito, cheirar até o limite o pó que adotou depois daquela *estupidez mística* dos cogumelos, enfiar-se em casa com a tarefa de fazer os textos para seu credor vitalício, correr atrás de outros políticos, negociar para o homem, torná-lo simpático, *viável*, enquanto, para si mesmo, se inviabiliza, se fecha, morre.

Mas é morte com os bolsos cheios. Anda até mesmo pagando as contas, sempre, e convidando outros frequentadores ou xeretas a beber. Em pouco tempo, poderá tornar o da Curva o bar de maior concentração popular em favor da candidatura de seu chefe, que já tem aparecido para, timidamente, tentar misturar-se, ser acessível, parecer simpático. Há quem ache que dará um grande prefeito. Gostam de seu sobrenome, zombam dos outros sobrenomes famosos, seus concorrentes, poderão ter um novo herói — ou, no mínimo, um otário para lhes pagar bebida.

Na curva, a certa altura da noite, sempre há um grande vazio, o vento, algumas pequenas silhuetas de sapos saltando no asfalto remendado, e os dois, mesmo não querendo, se estão em alguma mesa junto à janela, olham para ela. Esperam que algum carro passe, para que o silêncio e o vazio de depois da passagem como que lhes dê a miragem de Graveto. Ele é quem virá quando certo silêncio de presságio se fizer. Quando Claudionor der uma risada, Bilico pensa, lúgubre — porque claro que Claudionor jamais rirá.

Mesmo não querendo mais falar de seu nome, olham para lá, procurando disfarçar, um para o outro, o quanto há de esperança no olhar que lançam. Ele pode estar voltando e sim, se fecharem os olhos, voltará, voltará por ali, e, dobrando aquele trecho de grama, enveredando pelo começo de calçamento, fará um aceno. Mas, a seguir, acordando, sabem que não virá. E Bilico pensa que é assim mesmo que deve ser, assim mesmo que o quer: longe. Ele, ao menos, está longe. Ele é uma possibilidade. Ele, afinal de contas, fugiu.

Oceano pensa no lugar. Comprou mais tintas, mais uma tela, e começou a traçar o novo quadro, que lhe dará trabalho, porque o quer completamente verossímil — o riozinho, as pedras, as árvores, os vinhedos, o bosque, o verde-escuro cada vez mais denso dentro do qual se esconde a casa. A casa.

É invisível, sim, para quem nunca ouviu falar dela. Mas ele ouviu. E vai saber pintá-la. Para que, quadro concluído, Graveto possa entrar nela. E nela ficar.

© 2019, Chico Lopes

Todos os direitos desta edição reservados à
Laranja Original Editora e Produtora Ltda.

www.laranjaoriginal.com.br

Edição **Filipe Moreau e Germana Zanettini**
Revisão **Bruna Lima**
Projeto gráfico **Arquivo · Hannah Uesugi e Pedro Botton**
Produção executiva **Gabriel Mayor**
Foto do autor **Maria Vitória da Costa Lopes**

Dados Internacionais de Catalogação na Publicação (CIP)
(Câmara Brasileira do Livro, SP, Brasil)

Lopes, Chico

A passagem invisível / Chico Lopes.
São Paulo: Laranja Original, 2019.

ISBN 978-85-92875-54-1

1. Contos brasileiros   I. Título.

19-26485   CDD-B869.3

Índices para catálogo sistemático:
1. Contos: Literatura brasileira B869.3

Cibele Maria Dias — Bibliotecária — CRB 8/9427

Fonte **Tiempos**
Papel **Pólen Bold 90 g/m²**
Impressão **Forma Certa**
Tiragem **200**